朝比奈秋

Asahina Aki

# あなたの燃える左手で

河出書房新社

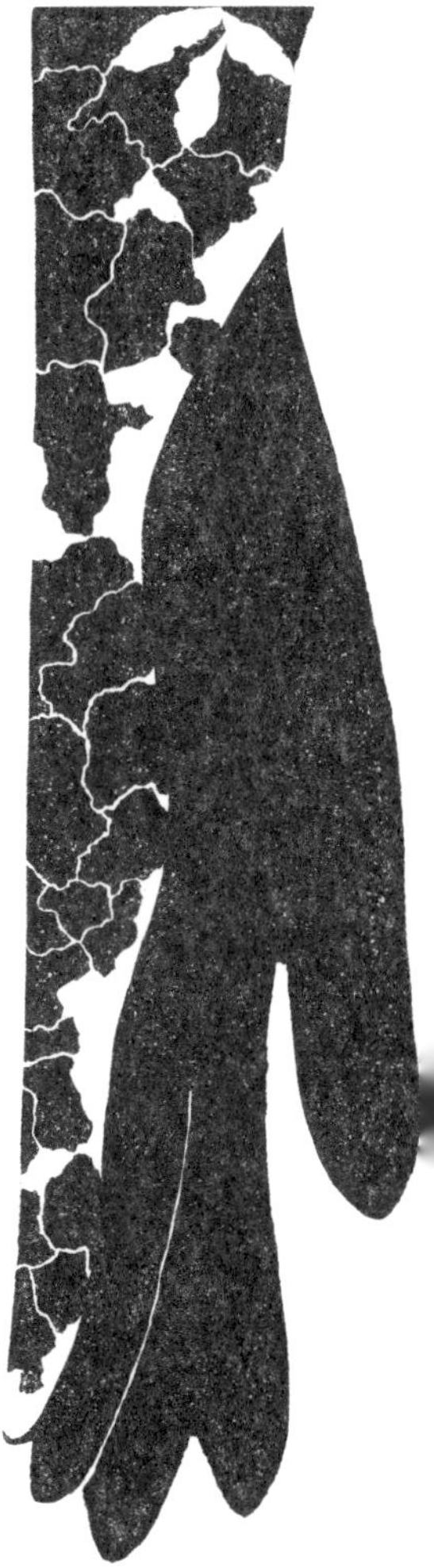

# あなたの燃える左手で

胸に巻こうか、太腿に巻こうか。

迷っているうちに、昏々《くらくら》として地面に膝をついた。十センチほど積もった雪は、先ほど吐いた胃液と樹々の間から射す夕陽を浴び、透明になって溶けだしていた。その水分で鉱滓《こうさい》から銀色の六価クロムが地面に滲みだし、じりじりと足元へ流れてくる。

同じウクライナにあっても、ここドンバスの寒さはキーウやクリミアとはまた違った質の寒さだった。だいぶ昔に棄てられたクロム鉱滓の山には背の低い樹木が自生していて、時間を稼ぐにはちょうど良かった。

つい三十分前にこの山に身を潜めた時には夕陽が射しこむ前で、わたしは背負っていたリュックを樹の根元に降ろすと、プラスチック爆弾を取りだした。粘土のようなそれを一口大にちぎって、舌の奥へと押しこんでいった。パサパサとした爆弾は喉につっかえた。それでも、唾液を絡ませてなんとか飲み下すと、今度は鳩尾《みぞおち》あたりでつっかえた。なかなか腹へと落ちていかず水を流しこむ。続けて、幾片かを水で飲み下すと一気に吐き気が込みあげてきて、飲みこんだ爆弾を全て地面にもどしてしまった。爆弾片はシャッと音を立てて雪に埋もれていき、胆汁混じりの胃液が周囲の雪を淡黄色に染めて、湯気を立てながら溶かしていった。

数か月前から、腹には赤黒い熱い塊が巣くっていて、爆弾が入るスペースはなかったようだ。雪から染みこんでくる寒さに足は感覚を失くしはじめていたが、それでも、腹だけは冷えることなく、ぐつぐつと煮えたぎるように熱かった。

胃に仕込むのを諦めて、膝をついたのはその時だった。胸か太腿のどちらに巻こうかと、迷っているうちに夕陽が射しこんできて、クロムの少し青みがかった銀色に橙色が反射する。考えたあげく、結局は腹に巻くことにした。さっそく真っ黄色なプラスチック爆弾を掌で潰して平らに延ばしていった。

幼児の粘土遊びのように夢中でこねているうちに、三年前のクリミア脱出が頭にめぐってくる。列車がクリミア半島を出た時、わたしは隣に座る夫の、透明になった左手を撫でた。すると、彼はわたしの名前を呟きながら頰に涙を伝わせた。彼はわたしの手を捕まえようと、右手を伸ばしてきた。しかし、窓から離れていくクリミアを目に焼きつけるために、わたしは彼の右手を避けて窓べりに手を置いてしまった。

あの瞬間に、わたしがこの冷たい大地に帰着することが決定づけられたのかもしれない。もし、わたしもこれから透明になっていくことを受け入れられていたならば、日本に流れ着くこともできたのかもしれなかった。

その後悔もすぐに腹のマグマに燃やされていった。クリミアで消息を絶った叔父のオレクサンドルが、数か月前にこのドンバスで見つかった。街の通りに見せしめのように吊るされた遺体は腐敗が激しく、発見当時、一体誰だかわからなかった。ただ、親露派が吊るしたのだから親欧米派の誰かに違いないと、商店街のアーチから遺体を丁寧におろした。

見覚えのある所持品を見つけるまでそれが叔父だとは気がつかなかった。あれ以来、わたしの腹には赤黒い蛇がとぐろを巻いて巣くっている。

低く垂れこめる雲と雪で湿った大地の間で、車のエンジン音と投降を呼びかける放送が跳ね返って響いている。ロシア語とウクライナ語の交互放送で、投降を説得する声がはっきりと聞こえてくる。エンジン音が地面を揺らして近づいてきて、次第に足裏から腹へと轟《とどろ》いてくる。

手に体重をかけて、爆弾を平らに延ばしていった。ピザ生地ほど薄くなったプラスチック爆弾を下腹部に巻いているうち、鳩尾あたりの皮膚に蕁麻疹《じんましん》が出てきた。今まで手袋越しにしか触れたことがなかったから気づかなかったが、どうやら自分は爆薬に対してアレルギーを持っている。先ほど、飲みこもうとして喉がむせたのも、それが原因だったのだろう。爆発を望んでいる人間が爆薬に対してアレルギーがある、そんな皮肉がこの差し迫った状況でもなんだか可笑しかった。

真っ赤な蕁麻疹が白い腹にポツポツと斑《まだら》に浮かんでくる。くすぐったい痒《かゆ》みを爪でかき散らしていると、蕁麻疹は島国みたいに見えてくる。太平洋に浮かぶ日本列島はこんな形をしていたような気がする。

細長いこれが本州で、この大きな島は北海道。

四国はこの小さな島で、これは九州。

同じ国土の中を橋や船で移動する。海を渡った先も自分の国。それが島国らしい。途端に愛しさがこみ上げて、かつて新幹線から見た瀬戸内海が思い浮かぶ。

怒りを恥じること、他人を想って涙を流すこと、それが弱さでなくて美徳とされるあの列島、そして、そこに住む平和で呑気でシャイで、親切にされると恥ずかしそうに礼儀正しくお辞儀をする人たち。

バッグから起爆装置を取りだして口に含んだ。震えと汗が止まらなかった。背骨もがたがた震えている。怒りに燃えたぎる内臓に恐れはなくとも、骨はやはり弾けるのを怖がっているのだ。脳裏に叔父を思い浮かべて、震える背骨を慰めるように自分自身を両腕で抱きしめてうずくまった。

腹に浮かんだ地図状の蕁麻疹を眺めた。腹のぽつぽつとした蕁麻疹はどんどん大きくなっていく。隣のものにくっついていって、ヨーロッパみたいな寄せ集めになる。やがて、境目がなくなって、腹は真っ赤に膨れあがっていった。

シャツをおろして下腹部の爆弾を覆った。上からダウンジャケットを着こむと、腹の悪意はもうどこからも見えなくなった。

## 1

暗闇の中に忍びこんだ数粒の光が、薄暗さを天井とカーテンに分けはじめていた。アサトは上半身をゆっくりと捩《よじ》って、息を吐いた。

一つ一つに重石《おもし》がのしかかっているように、吐きだすのが大変な息だった。どこからか、電子音が一定間隔で鳴り続けている。首を回して音の出処を探してみたが、ドレープラインの浅いカーテンがベッドを囲っていて何も見えない。

周囲をうかがいながらも、完全に醒めていたわけではなかった。呼吸を続けながら、なんとなしに電子音に耳を傾けていた。トン、トン、トン、トンと電子音の割に耳障りではないそれは、まるで肩を叩かれているような奇妙な安らぎがあって、甘ったるい肌触りが肩周りに込みあげてきて再び寝入ってしまいそうだった。

そうして大きな欠伸《あくび》が漏れた瞬間、わずかに電子音が間延びした。左の肋骨あたりを微かにノックする自分の心臓とその電子音はどうやらまったく同じタイミングで鳴っている、そのことに気がついて、自分の心臓のリズムで響いているから気持ちが落ち着くわけだ、と納得して頷いた。

しかし、どうしてこの機械は、自分の心臓が次に鼓動を打つタイミングを正確にわかるのか、とその時になってようやく意識がはっきりとしてきたのだ。

するとやにわに天井から垂れ下がった何かが浮かび上がってきて、それは自分の左腕の下をくぐって腕全体を吊っていた。左腕を動かそうとしても動かず、ただ吊っている布が左右に揺れて、ぎぃぎぃと金属の軋《きし》む音が響く。

左の肘から先が包帯で覆い隠されているなかで、包帯の先からは何かが飛びでている。それが何なのか、薄暗くて定かでない。腕に力をこめても、前腕の中ほどあたりで力が前に後ろに行ったり来たりして進まない。

持ち上げていた首を休めて大きく息を吐くと、腕の中に重みが生まれた。昨日まではなかった、何か大きな塊が左腕に埋めこまれた感覚がある。

シャッと右側のカーテンが開いて、顎の張った暗い顔が覗いた。後ろから光が淡く入り、顔はさらに暗くなり消える。

「気分はどうだ。よく眠れたろう」

ベッドサイドへと一歩進み、腕を見下ろしている。声をだそうにも掠《かす》れて上手くでず、咳払いを二度三度繰り返した。

「ドクトル、ドクトル……」

この男の名前がどうしても思い出せない。

「そうだそうだ」

しかし、この太ったハンガリー人は嬉しそうに頷いている。鼻を啜《すす》ると、モルタルの匂いがした。

「喉に管が入ってたんだ。声は掠れてでまい」

暗い頬が輪郭からはみでるほど盛り上がって「大丈夫」と肥えた巨体が揺れる。

「話したいことが山ほどあるんだが。とりあえず、おめでとう。君は日本人第一号になったんだよ」

狭い範囲にしか興味が持てない気質、そんな男の好奇心の中心に今いる。そうわかるほど声色は優しかった。

「ウラースロの件をチャラにとは言わないが。まぁ、とにかく、こちらとしてはやれることはやったんだ」

「ウラースロ？」

それは耳馴染みのある名前だった。知り合いに間違いなさそうだったが、何人かの顔が思い浮かぶだけだった。そして、どの顔にも行きつかないうちに、それらはすぐに消えていった。

「うん？　麻酔が効きすぎたかな。さぁ、今はゆっくりやすんで。僕はこれから記者会見に行ってくる。国民に報告してくるよ」

返事の息を漏らす前にカーテンから顔は出ていき、再び部屋は暗くなった。

一息ごとに眠気が増し体の力が抜け、それにしたがって左腕にずっしりとした違和感が増していく。胸にもまた違和感があった。嫌な予感そのものが埋めこまれた気がして、右手で胸元を探ったが、胸には包帯も何も巻かれていなかった。

ため息を吐くと、電子音は間隔を延ばしていく。体全体に眠気が纏《まと》わりついてきて、気怠さに任せるとその重みに強く引かれて眠りに落ちていった。


目が覚めると、カーテン生地の中には光の粒が溢れていた。織りこまれた繊維が格子状に透けている。ここが自宅ではなく病院だと気がつくと、ハッと我に返ってすぐさま顎を引き、左腕を見た。

左の上腕から腕全体が包帯でグルグルと巻かれ副子《ふくし》に固定されていた。腕全体は布に包まれて吊られ、包帯の先端から五本のぶよぶよと腫れた指が飛びでている。太く張った指は赤く、熱で熟《う》れたソーセージのようだ。パツパツに張った皮膚は今にも弾けて、中から肉汁が飛び散りそうだった。

動かそうにも指はまるで動かず、包帯が巻かれた左腕は長く、指は遥か遠くに感じる。天井を見上げると、吊り布が吊り元の黒いフックを左右に振ってぎぃぎぃと軋ませる。手術で十数時間眠った後にさらに一晩眠ったことになる。夢を見たかどうかも思いだせない。

指がどうなっているか見たくて、腕を引き寄せようと力をこめた。しかし、腕は重かった。つい先日まで何の抵抗もなく振れた腕が、今では重い錘《おもり》のように肩にずっしりと重さをかけてくる。

「痛みはどうだい」

痛みがあってほしい。そう言わんばかりに顔が覗きこんできた。ゾルタンというこの恰幅《かっぷく》のよいハンガリー人は、まだ四十の半ばを過ぎたばかりだというのに、白髪が目立ちづらいブロンドにもかかわらず頭全体が白々としていた。毛先は跳ねて白も金も光を浴びて一緒くたになって透けている。

「ドクトル。痛みはないよ。時々、ズキッとするくらいで」

「ズキッと？」

「手首に。あとは指先にも、ピリピリと痺れが時々走るんだ」

ゾルタンは「そうかそうか」と嬉しそうに呟き、「指先にも」と繰り返す。

「ドルカ、ガーゼ交換して」

連れられて入ってきた看護師のドルカは吊り布をはずして腕を下ろすと、手際よく包帯を解き、手元に巻き取っていく。何重にも巻かれた包帯が解かれていくと、伸びた白い包帯の隙間から淡黄色が透ける。

包帯がすべて解かれると、まるで心臓病で浮腫が来たような、むくんだ白い手が現れた。自分の手でない、明らかに他人の手。思い出したように胸に嫌な予感が生まれる。移植するのは自分の手という約束じゃあなかったのか。

しかし、声はうまくでなかった。では、あの箱に入った自分の左手はどこに行ったのか。自分ではない他の誰かにでも繋がれたのだろうか。

とりとめのない考えが巡る中で、とりあえずその手を見た。

その掌には鬱滞《うったい》した黄に活動的な赤が斑になって広がっている。手の特徴らしき特徴は全て水分の腫れぼったさに溺れていて、あらゆる「手らしさ」は水没していた。水で膨らんだゴム手袋、という風だった。「手らしさ」がないせいか、胸苦しさは少しずつ引いていく。

それでも爪を見た瞬間、アサトは胸元にざらざらとしたものを感じた。ひしゃげた台形の爪は、縦長楕円の爪を持つ自身に、これがまったくの他人の手であることを思いしらせたからだった。

ドルカが接合部を覆っている血の染みたガーゼを捲《めく》ると、

「ほら、見てごらん」

ゾルタンは傷口を確認して、ずれた縁なし眼鏡を頬肉の上に乗せる。昨日まで前腕の先端より先は空っぽだったが、今では白い手が藍色の手術糸で縫い付けられていた。

「綺麗だろう」

たしかにその縫合は美しかった。髪の毛よりも細い糸は皮膚の色を透けさせるほど淡く、それがびっしりと手首を囲っていてブレスレットのようだった。

「ウラースロのと比べてどうだい？」

その名前で頭に浮かんだのはしわくちゃの顔だった。清掃員か事務員にいたような気がする。その老いぼれた人物も自分と同じように手術を受けて、体のどこかを縫われたのだろうかと記憶を巡らせてみる。

「あれは豚肉でも縛るような太い糸だったろう。あんな粗い縫合とは全く違うだろう？」

そう言われると、ふと記憶の片隅に誰かの体の一部が思い浮かんでくる。チャーシューのように太い糸で縛られた縫合部、そんな具合にウラースロは縫われたのだろうか。

「いつぞや約束した通り、これが縫合ってやつさ」

目を凝らすとわずかなブレがあり、これが手縫いだということがわかった。

「赤や黄色の糸があればもっと見栄えがいいんだが、あいにく手術糸には藍色しかなくてね、ははは」

普段は挨拶すら声をださず、軽度の外斜視が入った左目だけで目礼するこの医者の、珍しい上機嫌に、無口なドルカも賛同する。

「ドクトル。他の色があれば、もう立派なカロチャ刺繍《ししゅう》だわ」

たしかに細糸で綿密に縫い上げられた手首の繋ぎ目は、人の手によって縫い上げられたものと考えると工芸品のようだった。

十一年前にこのハンガリーの地を初めて訪れた際、旧友に案内された国立美術館ではカロチャ刺繍というカラフルな伝統刺繍が幾つも展示されていた。

「いやぁ、神経なんかは8-0のナイロン糸で縫いこんだんだ。8-0なんて外科医でも見ることのない細さだ。これはカロチャ刺繍よりもよっぽど緻密な職人仕事なんだ」

ゾルタンが腕を組んで腹を揺らすと、声は一段と低くくぐもって病室に響く。

「完璧な仕上がりさ。腕の骨も君のサイズに合わせて削ってつけた。まさにフルオーダーメイド、君用の手だ」

三つの神経と八本の血管の接合、皮膚の縫合まですべてがうまくいったとゾルタンは誇らしげに説明を続ける。

手首の糸の内側と外側は僅かな色味の違いで分かれている。大学を卒業してからというもの、陽に当たることのない生活をしていたため、自分の前腕は黄色味がかった白さで、血管が表面に浮き立っていることもあり、静脈がそのまま青緑色に透けている。

一方繋ぎ目から向こうになると、むくみのせいか肌は水っぽい白さで、そこに脂肪らしき黄色や膨疹《ぼうしん》のような反応性の赤色が部分部分に浮かびあがっている。浮き立つような静脈は一本もなく、紫の色鉛筆で描いたような薄く細い血管が何本か枝分かれしながら蛇行し、中には途中で奥に潜って途絶えているものもあった。繋ぎ目で手首の太さも違い、移植手は縫い付けたところから盛り上がるように膨れていた。

「術後はどうしてもむくむんだよ」

違うものと違うもの。仮に今、糸を抜いて手を引っ張れば、この手は取れるのだなと思った。

「これから浮腫はとれてくる。水と炎症が引けば、どんな手かわかる。楽しみだろう」

新しい包帯が巻かれていくと、左手は再び埋もれていった。

腕は吊るされ、包帯の先から指だけが飛びでている。指は腸詰めされている途中のように、一様な丸みを持って包帯の隙間から押しだされていた。

ゾルタンの言う通り、数日経つと指のぶよぶよとした腫れは少しずつ引いてきた。むくみが引くにつれて赤味も引き、指の節立ちや筋、血管が徐々に露わになった。

肌の色は元来色白の自分のものよりもさらに白かった。掌はやや厚く、指は短めで節立っており、血管は細くあまり浮きでておらず、なおさら台形の爪が目を引く。手の甲には浮腫で隠されていた、煤《すす》のような黒ずみがいたるところに浮かびあがってきて、肌の白さと相まって浅黒く目立つ。移植手は使いこまれた白人の手だった。

縫合部が感染していないかを確認するためにゾルタンは朝と夕に病室を訪れた。縫合部を観察し、消毒する。ただそれだけの数日が過ぎると感染の恐れはなくなり、彼の興味は次第に縫合部から指先に移っていった。

その日も病室を訪れて、包帯も解かないうちに、

「指先を動かせるか」

ゾルタンは頭をもたげて、指先を覗きこんできた。

アサトは意識を指先に集中するも、包帯から飛びでた指は動かない。前腕の真ん中くらいでコンクリでも固まったみたいに、力が詰まって流れて行かないのだ。

神経が本当に繋がっているように思えなかった。筋肉自体がうまく繋がっていないようにも感じられた。とにかく、何かが繋がっていないような心地がした。

「さぁ、力をこめるんだ」

力んでも前腕の真ん中で通せんぼされ、肩や首ばかりに力が入る。

「触れてるのがわかるか」

ゾルタンは痺れを切らせてプラスチック手袋を着けると、左手の人差し指の先を掻いた。それは十メートル先の指先を触れられているような、あるいは、リードに繋がれた愛犬を撫でられているような、そんな感覚だった。

それとも、他人の手とはこういう感覚なのだろうか。

戸惑っていると、

「どうだね、わかるか」

ゾルタンは人差し指を摑《つか》んで揺らした。

「おそらく」

振動を前腕で感じとったただけのような気もして、そう答えるしかなかった。

ゾルタンの様子を窺《うかが》うように黙っていると、

「まぁ、包帯巻きじゃあわからないか」

ゾルタンは片目でドルカに指示を送る。

包帯を巻き取っていくドルカの手で左手は隠されては現れる。荒い鼻息が前腕に不快に吹きつけられるが、指先まで行くと鼻息は感じられなくなった。

包帯を外し終えると、ドルカは接合部のガーゼを捲ろうとした。しかし、繋ぎ目から漏れでた黄色の滲出液《しんしゆつえき》が乾燥して固まり、ガーゼは固く貼りついて取れない。丁寧に周囲から剝がしていくも、中央あたりは強く付着していて血餅《けつぺい》のようにこびりついている。

ゾルタンから焦《じ》れったそうな短い鼻息が漏れると、ドルカは手に力をこめた。その瞬間、電撃のような痛みが走って、小さな呻き声と共に顔をしかめた。

「あら、ごめんなさい。痛かった？」

ドルカは残ったガーゼ屑をむしり取っていく。ゾルタンは痛みで微かに痙攣《けいれん》する指

先を見て、

「繋がってるね、神経は」

満足げに微笑んだ。そして、手術直後からどこか不安な影がさしていた彼の顔にみるみる明るさが戻っていく。

ゾルタンは下顎を少し前に突きだしてから、

「ミュンヘンの病院で二人、バイエルンでは四人繋いでね」

太い腕を胸の前で組んだ。

「アジア人の経験も一例あるんだが、なにせヤパァナ《日本人》に繋ぐのは初めてだからね。僕も少しは不安になってたんだが、ははははは。問題ない問題ない。しかし、君の、ヤパァナの造りというのはまったく繊細だね。おままごとみたいに可愛らしい神経や血管で、その割に身離れがよくて、ふふふ」

ゾルタンの白い頬が紅潮していき、笑うたびにだぶついた頬肉が揺れる。

「ヨーロッパ人の神経や血管は太くて大きいんだが、たいがい脂肪や皮下組織に癒着していてね、剝がすのに一苦労なのさ。それに比べて、ヤパァナのは簡単に剝がれていくのだよ。ムニエルされたサーモンの肉がね、フォーク一つでほろほろとほぐれていくみたいに、君のは筋肉も血管も神経もぶよぶよとした軟部組織だって身離れがよくて、簡単に選《え》りわけられたのさ。ヤパァナの人の良さは生まれ持ったものだとわかったよ。手術中だって、お行儀がよいときたのだから、ははは」

ハンガリー語に時おり上機嫌なドイツ語を混ぜながら、ゾルタンは声高に会話を続ける。

「ドクトル、次の患者さんお願いします」

「わかってる、わかってる。だが、彼だって元看護師なんだ。素人のように済ますわけにはいくまい。手術の内容は詳しく伝えなきゃあ」

頬肉を揺らし、ゾルタンは話し続ける。

「それで脂肪もね、それは細かくて、無影灯の光をキラキラと反射して綺麗だったよ。年をとると脂肪は塊になって、トウモロコシみたいにぶよついて汚くなってくるんだが。あぁ、そうだそうだ、君はやっぱり手先が器用だね。普通は、小指と薬指の腱はだいたい癒着してるんだ。僕も器用なほうなんだがね。ほら、薬指も引っ張られてしまう」

ゾルタンは太い芋虫のような小指を曲げ、そうすると薬指もつられて曲がることを嬉しそうにやってみせる。

「サービスで癒着を解いて二つに分けてあげようと思ったら、君のはもともとわかれてたんだよ。ヤパァナの腱はみんなそうなのかな、それとも、極東の他の国もかな。それなら論文で報告しなきゃあ。学会賞ものだ。ははは」

ゾルタンは左手から視線を上げて微笑み、

「あぁ、そうだ。今日から一般病棟に移るよ。前に入院していた部屋の向かいだ」

聞き馴染みのある台詞を放って、病室から出ていった。

その日の午後。ICUから一般病棟へと移った。ゾルタンが手配した個室の、広い窓からは田舎の風景が見渡せた。

窓下には病院の二階建て駐車場、その向こうには果樹園を挟んで広い青空駐車場とマーケットが見え、右手には欧州自動車道路が果樹園を貫いて走っている。左側の小高い丘では紅葉が始まっていて、色づいた葉が丘の中腹に散在する民家と、丘の上の尖塔の目立つカソリック修道院とバシリカ様式の聖堂を燃やしているように見えた。病院前の道路は半年前からのコロナウイルスの流行で、今日も多くの車が列をつくって並んでいる。

ゾルタンの計らいで用意してもらった個室は快適だった。二十四時間響いていたモニターの電子音がなくなって、かわりに幹線道路を走る車のエンジン音、隣の駐車場から響く警報音とタイヤ擦れの音などが窓ガラス越しに聞こえてくる。ICUでは月日の感覚が失われていたが、この病室からの景色でようやく秋を実感する。

廊下を往来する看護師の足音も懐かしかった。看護師の足音はみな違うようで似ていて、厚めのサンダル底が目的地へと少し早めのリズムで廊下を打ち抜けていき、大きい足音も小さい足音も不思議にみな同じ音程だった。そのため業者や面会人が通ると、違う種類の足音に自然と気が向くようになる。

面会時間をとうに過ぎたというのに、それらは不規則で時折立ち止まっては進み、話し声に隠れては現れた。進むためではなく、陽気で気ままに戯れ、気晴らしのように廊下を踏む、賑やかしの足音たちだった。

「どうだ、新しい手は」

病室のドアが勢いよく開いて、病院事務のボトンドに続いて、事務局長のローベルト、最後に看護師のエンマが入ってくる。

「おっ、綺麗な個室だな」

入るなり、ボトンドは部屋を見渡す。

「面会を待ちわびたぜ。同じ建物にいるのに、ニュースでしかおまえの手が見れなくてよ。早く生で見たくて、うずうずしてたんだ」

それから、ベッドテーブル上に何気なく置かれた左手に視線を注ぐ。

「差し入れここに置いておくよ」

局長はビニル袋を大方食べ終えた病院食の隣に置く。

「おぉ、本物の人の手だ」

ボトンドがおもむろに手を伸ばして包帯から出た中指の先を摘まんだ。

「あったかい」

ボトンドは声を上げて中指を放し、エンマと局長に大きな瞳で訴える。

「ボティ、触っちゃダメ」

看護師の顔に戻ったエンマの注意を掻き消して、

「あっ、今動いた」

ボトンドは瞳をアーモンドのように見開いて指差す。

「すごいな」

ボトンドはしきりに小声で呟いて、すごいなとさらに息を漏らす。

「ドクトル・ゾルタンは手の専門家なのよ」

エンマはご満悦な面持ちでいる。

「他人の手だろ、これ」

ボトンドは、医療ってのはまったく、と得意げに両手を腰に当てる。

「早く職場に戻ってこいよ。隣のデスクが空だと、仕事中ひまでしかたない」

「ボティ、手が動くようになったら、アサトは内視鏡センターに戻るのよ。いいわよね、局長」

ローベルトが鷲鼻に声を籠らせて返答を渋っていると、ボトンドは気に食わない様子で首を捻ってから、

「そうだ、イグナツに見せつけようぜ」

病室を勢いよく飛びだした。ここの清掃員で脚を悪くしたイグナツも廊下の向かいに入院していた。十日ほど前に手術を受けたばかりのイグナツにボトンドは右肩を貸しながら引き連れてくる。

「おい、イグナツ。おまえ、これ見たか」

イグナツは片脚を引きずりながら入ってきて、すぐに丸イスに座りこんだ。

「見だよ。見だ、とっぐに見だ。さっき、お互いの傷ば見せあっだ」

イグナツはたどたどしいハンガリー語で返すと、背を丸めてうなだれる。聞き取りにくい話し方に親しみがわいてくる。イグナツの話し方は叔父の津軽弁に似ていた。青森から関東に出てきた父はすっかり津軽弁が抜けていたが、函館に移り住んだ叔父は津軽弁がまったく抜けていない。

ヨーロッパに来て、フランス語を聞くたびに叔父の津軽弁を思い出した。津軽弁にある、特定の濁音の前に挟まれる鼻音の「ん」がフランス語の鼻母音に似ていた。そして、何より口を開けずに話す、囁くような息の抜き方がそっくりだった。おそらく、イグナツはフランス語圏からの移民なのだろう。

「それより、おらは疲れてらんだ」

「何言ってんだよ。新しい関節入れてもらったんだろが」

ボトンドは割れた顎を斜めにしゃくる。

「おまえは、何も、わかってねぇ。ここにな、違うもんが、入ってらんだぞ。ここで一旦、おらの体が途っ切れでらんだ」

イグナツは右の股関節を拳でトントンと叩いて顔をしかめる。

「何言ってんだ。骨よりも上等な金属入れてもらったんだぞ。筋力が落ちてるだけさ。おまえ、リハビリさぼってるだろう。知ってるんだからな。老けこんだ顔しやがって」

「ちっげぇ、ちっげぇ。さぼってるわげじゃね」

イグナツの硬い話しぶりに抜けたような息がたびたび混じる。大きく口を開けないのは性格のせいもあるかもしれないが、生まれも育ちもここデブレツェンのエンマやボトンドのハンガリー語とは、まるで違っている。

そう考えると、ゾルタンがいやに気取った話し方をするのも、ドイツ語の影響があるのかもしれなかった。

「うまぐ、いえねぇけど、あっだらしい関節、詰まっだようにかてぇら」

イグナツは意固地になって肩をせりあげる。

「こごで、おらが一旦途切れでらぁ」

「ばか言うな、おまえ元々詰まったような歩き方してたろ。だから、関節を悪くしたんだ。そのぎこちない歩き方、この際どうにかしろ」

「ほんと、だいぶ老けこんだ感じがするわ。人は脚から老けるっていうのよ、もっと歩かなくちゃ」

エンマとボトンドの流暢な口撃に、イグナッツは荒くしていた息をぐっと止めた。すると、本当に言葉が喉に詰まったみたいに首に青筋を立てて黙りこんでしまう。

一瞬、顔を完全に蒼くしてから、ごくんと言葉を飲みこむと、

「疲れだ。へば」

と一息漏らして自分の病室に戻っていった。

ほどなくして三人も病室から去り、そこからはまめまめしい看護師の足音だけが廊下に響く。起こしていた体をベッドにもたせかけると、左手が前腕を引っ張った。皮膚のつっぱる感じは腫れが引いた今もまだあった。

久しぶりの日常会話に疲れてぐったりしていると、携帯電話に「ハンナ」の文字が浮かんだ。

「いけなくてごめんやで」

エネルギーのある声色だった。クリミア半島から首都キーウに移り住んで以来、すっかり平板になった声色に活気が戻りつつあった。ハンガリー語にウクライナ語特有の抒情的なイントネーションが加わりだしている。

二人で会話する時はいつもハンガリー語だった。しかし、ハンナのそれはハンガリ

ーで過ごした数年の学生時代に習得した、いわば急ごしらえのハンガリー語だった。イントネーションなどはウクライナ語そのものだから、時折何語で話しているのか、頭がちぐはぐになる。ある時から関西弁のように聞こえだして、それからはもうそうとしか聞こえなくなった。

「かまわないよ。そっちもたいへんだろう」

ウクライナ語はエモーショナルな言語だが、ハンナのそれは人一倍胸から直接出たように聞こえる。特に、ウクライナ語で「ニー！」と断る時などは、日本語の「嫌！」や英語の「ノー！」よりも激しくて、まるで目の前の人を突き飛ばすような勢いがあった。

「こっちは手が戻った瞬間、まわりは大騒ぎだ。まだうまく動かせやしないのに」

「いいやん。わたしは大賛成やわ」

「手がなければお払い箱なのに。動けるようになれば、またいいように使われるんだ」

「ふふふ、ないよりましよ」

「お父さんはどう？」

認知症がある義父のテオドルはつい最近コロナウイルスに感染し、入院している。そのせいで、こちらに見舞いにくるという計画は頓挫して、ハンナは隣国ウクライナに残ったままでいた。

「大丈夫だと思うけど」

携帯はザザザと音を立てる。

「もしもし、もしもし」

「なぁ、抗生物質と鎮痛剤送ってくれへん」

「前に送ったばかりだけど」

「いつなくなるかわからへんから」

「わかった。前に教えてくれた住所に送る」

「うん。できるだけ大量にお願い」

「わかった。敷島先生に頼んでおくよ」

彼女の返事が急に遠ざかり、液晶を確認するとすでに電話は切れていた。最近こういった切れ方が頻繁に起こっていた。

ジャーナリストかつ看護師である彼女が活動しているウクライナ東部の地図を開いた。東端にあるドンバス地方のすぐ東隣はロシアだった。

ロシアとウクライナの国境を眺めてから、それがキーウからどれだけ距離があるか測ってみる。予想以上の距離に、ウクライナはやはり大きな国だと改めて認識する。小さな国の寄せ集めの西欧や中欧とは明らかに違っていた。

ウクライナ本土にぶら下がるようにくっついているクリミア半島を眺めた。二〇一四年にロシアが一方的にクリミアの併合を宣言してから六年つものの、携帯に入っている地図アプリではいまだにウクライナと同じ色をしている。花が開いたような形の半島は、何かに似ていた。

体のどこかがジジジッと痺れてくる。覚えのある痛みだったが、しかし、どこが痺れているかわからない。それはなんとも耐えがたいものだった。クリミア半島が何に似ているか思い出そうとするほど、痺れは増してくる。耐えられなくなって、地図から目を逸らした。携帯を棚に置いて窓の外に目をやる。

ルート四十七号にはマジャルスズキの軽自動車が、鉄線に吊り下げられた信号機の前で二台続いて停まっていて、陽の落ちつつある黄土色の街道にヘッドライトを灯している。その隣をトラムが黄色い車体を震わせて、沿道から幼児のように手を伸ばす落葉樹の茶色い葉っぱをぱつぱつと弾きながら通り抜けていく。

痺れはいつのまにか引いていた。包帯から出た指の、台形の爪が気にかかった。手術が終わってから今まで、肝心なことをハンナに伝えられずにいた。左手に時々痛みが走るとか、今のところまったく動かせないと伝えることはできても、他人の左手とは言えなかった。他人の手が移植されたと知ったら、ハンナは何と言うのだろう。やはり「ニー!」と言うのだろうか。

差し入れの中には、ハンガリーの国民的な焼き菓子であるクルトシュカラーチが単包で数個、そして、チキンサンドウィッチと書かれた箱が入っていた。箱の中にみっしり詰められたサンドウィッチはマーケットで売られている根強い人気メニューだが、重たい食事は好きでないため敬遠していた。

しかし、食欲が今までより旺盛になっていた。

チキンサンドウィッチに一口嚙《か》りつくと、ハニーマスタードの香りとピクルスの強い酸味が鼻に抜けて、思わず腹から唸ってしまった。

2

ゾルタンはポーチを片手に病棟の廊下を歩いていく。今日にもあの日本人の皮膚が完全に癒合すると見立てていた。

久しぶりの手の移植で頭の中がいっぱいだった。単純な手の再接合は今まで数えきれないほど経験してきた。事故などで千切れた手はよほど傷んでいないかぎり、そのほとんどが問題なく繋がり、動くようになっていった。一方、他人の手を移植する場合は免疫の問題が絡んでくるが、今ではそれにも慣れてしまった。免疫抑制剤の発達でだいたいはクリアできるようになったのだ。

頭の中を占めているのはそういった医学的な事柄ではなく、他人の手を腕がどう動かすようになるのか、という個人的な興味だった。

貧弱な腕に大きな手を移植した時などは、腕に合わせて手が薄くなるか、手に合わせて腕が太くなるのか、あるいは女性の手を男性に繋いだ時、腕が女性的になるか、手がごつごつとした男性的なものになるのか。

両者とも予想しえない結果になって、大いに刺激を受けた。偶然にも政治的な思想が異なる人間のあいだで手が移植された時なども、とても愉快なものが見物できた。

今回は白人の肉体労働者の手を、アジア人の事務員の腕に繋いだ。このアジア人にどのような変化が起きるか、それが楽しみだった。

「おはよう」

病室ではすでにドルカが日本人の腕の包帯を解き、縫合部を剝きだしにしていた。ポーチをドルカに預けて、日本人に微笑みかける。いつものようにはにかんだ表情が返ってきて、腹の底で少し嘲った。

「さぁ、糸は抜けそうかな」

挨拶もそこそこに縫合部に顔を近づけた。糸周りの発赤《ほっせき》はすでに消失し、浮腫も引いていた。数日前まではむくみに縫合糸が埋もれていたが、いまではすっきりと縫い目が見えていた。感染もない。見立て通り、縫合部は完全に癒合していた。

「順調だ。やはり、煙草を吸わない患者は治りが早い。これから抜糸しよう」

「お願いします」

日本人はうやうやしく会釈した。

「はさみ」

満足げにドルカの方へと首をやる。

「もっと細いのだ」

ドルカの差しだす鋏《はさみ》に手を振って拒否する。

「ドクトル、これが一番細いやつです」

「なるほど。では、僕のポーチを」

喉を鳴らして、ドルカからポーチを受けとる。そして、中から鋏をいくつも取り出し、

「クーパー剪刀《せんとう》、メイヨー剪刀、メッツェンバウム、眼直……」

オーダーメイドで作った銘入りの手術器具を、日本人に見せびらかすように手に取っては名前を呼んでいく。

じっくり吟味してから、先がピンセットよりも細い、一本の尖刃《せんじん》の鋏を手に取った。

緊《きつ》く縛られた糸の下に鋏を探るように忍びこませると、

「アサト、普通のはさみじゃあこの隙間には入らない。これは刺繡屋にもおいてないくらい細いものなんだ」

パツンパツンと音を立てて糸を切っていく。切られた糸は弾けるようにして皮膚か

ら両端を跳ねさせる。ドルカは跳ね上げ橋のように垂直に立つ糸をピンセットでつまんで抜いていった。

糸が皮膚から抜かれる際、

「寄生虫が皮の下を動いているみたいだ」

日本人は薄い肩を竦《すく》めた。

繋ぎとめていた糸が全て抜かれると、糸で隠れて今まで見えなかった境目が露わになる。皮膚色の違いは僅かながらも地図の国境のようにくっきりと分かれ、その境界線で二つは馴染むことなく隣り合っている。

ゾルタンは腕を一周する傷跡を指でなぞっていく。

「どこもだぶついてない」

「うん？」

「君の手首は一周十八センチ、移植手の手首は一周二十一センチ。違う長さのものを繋ぐにはコツが必要でね。うまく縫合しないと皮膚が余って、だぶついてしまう」

日本人は二つの別々のものがくっついた境目をじっと見つめる。

「とうとう、くっついたってわけだ。右手で引っ張ってみるといい」

「いやぁ、とんでもない」

日本人は手と前腕が離れてしまわないかとでも言いたげな、不可思議な表情をする。

ゾルタンは鋏を逆さに持ち、持ち手で日本人の手首の繋ぎ目を叩いた。すると、コンッ、と高い金属音が鳴った。

「言ったろう。皮だけで繋いだんじゃあない。骨ごと繋いだんだ」

手と腕の境目で繋ぐとどうしても脆弱になるため、実際はそれより数センチ腕側から行っていた。前腕の骨である橈骨《とうこつ》と尺骨《しゃっこつ》の先端も手と一緒に移植することで繋ぎ目の強度は増す。

「ここにはプレートが埋まってるんだ。ここでちょん切るより他でちょん切るほうが楽さ」

ゾルタンが鋏で自分の肘あたりをトンと叩くと、日本人は首を振ってから苦々しい顔をする。

「そうだ、テレビや新聞を見たか。今、君の左手はハンガリーで一番有名な日本人になった。なぁ、ドルカ」

「ハンガリー初、日本人初、ってゴシップ紙にまで出てましたよ。どの新聞にもドクトルの顔写真と左手のアップが並んでて」

「僕がハンガリーで初めて手の同種移植を行った医者で、君が初めて他人の手を移植された日本人だ。誇らしいじゃないか」

「日本の大使もコメントで、両国の友好の証だなんて」

「これでますます日本との繋がりが強くなる。産業ではえらく助けてもらった節もあるからな。スズキなんかはすっかりハンガリーの国民車だ。最近の若者が、マジャルスズキは国産だと思い違いするほどね」

ベッド柵に手を置き、日本人の左手を見つめる。

「たしかにハンガリー初が日本人でよかった。いけすかない国の人間でなくて、はじめて心から治療に専念できるというものだ」

ヨーロッパ人なら、どこの国が嫌だろうかと頭を巡らせると、

「ウクライナ人はごめんだ」

と結論が出た。

「ドクトルは彼らが嫌いなのかい？」

「ハンガリー系のウクライナ人ならもちろん受け入れるが、生粋のウクライナ人はね」

「どうして」

「まだ返してもらってないんだよ」

「お金か何か？」

「土地と人間をね。ウクライナ西端のザカルパッチャはもともとハンガリーの領土さ」

ゾルタンは下唇を噛んで、屈辱の歴史を振り返った。

ウクライナに奪われただけではない。二回の世界大戦を経て、ハンガリーは帝国時代に統治していた領土の五分の三と国民千五百万人を周囲の国に奪われた。

ハンガリーはそれらの領土と、そこに住む住民たちを忘れたわけではない。ウクライナ西端に住むハンガリー系住民たちは国籍がウクライナであれど、ハンガリー人に間違いなかった。そのことを忘れさせないようにハンガリー政府は彼らに市民権と選挙権を与えている。彼らも彼らで与えられた選挙権を使って、自分たちをハンガリーに取り戻してくれそうな政党にせっせと投票し続けている。

また政府は彼らの子孫たちがウクライナ人になってしまわないように、無料でハンガリー語教育を提供している。ウクライナ政府はそれに強く反発しているが、ハンガリーは構わず継続している。

「そうか。僕の妻はウクライナ人だからな。なんだか複雑だ」

「あぁ、そうだったね」

「さぁ、ドクトル、診察お願いします」

「おぉ、そうだ。いつも君には話し過ぎてしまう」

今まで患者に特別な感情を抱いたことはなかった。しかし、この日本人にはさすがに同情の一つも湧いてくる。

まるで雨がこの日本人の上にだけ降ってくるような、とにかく不運の連続なのだ。

他の患者よりも自然と会話が多くなるのは、この患者がここの職員だからとか、貴重な手術を施した患者だからという事情だけではなく、そういった同情からでもあった。それでも時々、この日本人の歪んだ口元には寒気を感じた。

度重なる不運で、この日本人の心と精神は捻じれきってしまったのだろう。主治医になってしばらくしたあたりから、この日本人に記憶の改竄《かいざん》と欠落、そして、認識の歪曲が起こっていることに気がついた。

今回の手の移植手術が終わってもうすぐ二週間経つが、その妄想障害に改善は認められない。それどころか、ウラースロを清掃員か事務員だと思いはじめているあたり、この妄想障害は増悪している可能性があった。

「さぁ」

切り替えるように声を出して、

「動かしてみせてくれ」

ゾルタンは自分の仕事にとりかかることにした。日本人は頷くと、歯を食いしばって腕を力ませるが、指には何の反応もない。

「まるで力が通らないいんだ。腕の先が詰まったみたいで。ドクトル、本当に繋がっているのかな。何かのはずみで神経が切れてしまったんじゃないか」

「神経は間違いなく繋がっているよ。さぁさ、力を押しだすんだ」

弱気な日本人を鼓舞しながら、左手を注視する。

「神経はさっきの糸のように細いんだろう。腕をあげた拍子とか、くしゃみをした拍子とかに、切れてしまったんじゃないか」

途中何度か日本人の情けない声が漏れても無視を決めこんで眺め続けた。すると、狭い隙間から水が染みだして今にも落ちそうな滴を垂れ下げるように、五本の指は曲がることなくその場でふるふると震える。

それを確認すると、

「よろしい」

ドルカに副子を包帯で腕に巻くように指示を出した。

「繋がってるとは思えない」

日本人は訝《いぶか》し気に指先を見つめる。

「震える、ということはもう間違いなく繋がってる」

「なんていうか……。手が重たくて、重たくて。今まで手が重たいなんて感じたことがないのに」

「まだ繋いだ筋肉が一体化してないんだ」

「なぁ、ドクトル」

「うん？」

ゾルタンは使っていた鋏をガーゼで丁寧に磨いていく。

「腕の中で、その、ときどき勝手に、筋が引っ張りあっていて。力なんかこめてないのに。これって、異常じゃないかな」

「ははは。問題ない、問題ない。交流が始まっているのだよ。問題はね、腕が手に引っ張り負けることだ。強く腕を持っていかれる、それだけはいけない。しかし、今はまだそんな心配はいらない。どちらも弱っているからね。今は好きなようにさせてあげるといい」

磨き終えた鋏をポーチの中にしまってから、まじまじと日本人の前腕に見入った。前腕で筋が勝手に縮んで、筋張った影を浮き立たせる。

「そうだ、引っ張れ、引っ張れ」

腕の中で筋がビクビクと痙攣を繰り返す。

「そうだ、血管も。思う存分やりあえ」

血管はもう一方の血管が送った血を拒否するように、突如血を溜めて静脈を浮きあがらせたと思えば、時に虚ろになってへこんだりする。

「なるほど。ヤパァナの血管の方が小振りだからか、あははは」

気分よくまくし立てていると、傍《かたわら》ではドルカが血のついた副子を捨てて、新しい副子を取りだす。ドルカは器用にソフトウレタン製の副子を緩やかに曲げていき、そして、それを日本人の腕にあてがい、包帯で巻いていく。

手も甲側の副子にもたれかかると、先ほどまでのピクピクとした筋の引っ張りあいを潜める。包帯に包まれ、五本の指だけが白い包帯の先から出て垂れさがる。

日本人は恐る恐る包帯の先から出た指に右手を伸ばす。そして、右の人差し指で左手の中指の先を弾いた。中指は弾かれて一瞬で元の場所に戻った。

「弾く感覚はあっても、弾かれた感覚がないんだ」

そう言って日本人は指をもう一回強く弾いた。彼はじんわりと元の位置に戻っていく中指を見つめながら、

「触角をぶら下げた食虫植物みたいだな」

まるで不気味なものを見るかのような目つきで垂れ下がる指を眺める。

「馴染んでくるまでは不気味なものだよ。他人の手というものはね」

「動かせるとは思えない」

「移植を受けた患者はみなそう言ってたよ」

「なんだか、外せないおもりをつけられたみたいだ」

「手は外せないおもり、か。面白い表現だ。いや、言い得て妙かもしれないな。とにかく、今後どうなっていくか、じっくり見守っていこうじゃないか」

ポーチをドルカに渡し、

「そうだ、アサト。食べたいだけ食べるんだ、いいね」

と告げて病室から出ていった。ナースステーションに戻ると、鼻唄混じりにカルテを開いた。縫合部の絵を描いて、感染なく、癒合。明日から縫合部のガーゼは不要。と書きこんだ。

## 3

リハビリ初日は天気の良い日だった。昼食後に病室の大きな窓から外を眺めていた。青空駐車場では帽子を被った係員が大きく手を回して、車を誘導している。平日の昼間からマーケットには車が絶えず入ってきていた。マスクをしながら大きなカートを押す人たちが遠くからでもよく見えた。

ふと窓に映る田舎の穏やかな景色が人影に沈んだ。

首を廊下側へとやると、

「こんにちはぁ」

どこか見覚えのある女性がベッドの前で挨拶した。それは何度か院内で見かけた女性で、長い黒髪が印象的だったので覚えていた。

台湾系のフィンランド人である雨桐《ウートン》は、ここのリハビリテーション科に所属し理学療法士をしているらしい。細い狐目をしており、ハンガリーではあまり見ない顔立ちだった。色白の丸顔から黒々とした髪が艶やかに生えている。

「動《いご》かさな、どんどんかたなるから」

雨桐のハンガリー語は、彼女のおっとりとした性格と、それにフィンランド語の影響のせいか、はんなりと響いて聞こえる。

雨桐はベッドサイドに腰かけると、包帯の先から飛び出た指に手を伸ばす。定期的に伸ばさないと、指は固まってしまうらしい。指に刺激を加えることで、神経の通りをよくする作用も兼ねるということだった。

雨桐の手は黄色く全体的に適度な肉付きがあるが、指先はスッと先細っている。厚みはあるが節立っていないため、女性的で大きさを感じさせない。

それはハンナの手とそっくりだった。雨桐の扁平な顔立ちはハンナの濃いものとはまるで違う。それだけでなく、首の長さや肩周りも全く似つかない。それなのに、上腕、前腕と末端にいくほど似通ってきて、手となると肌の色こそ薄茶色と黄色で似つかないが、輪郭はハンナのものそっくりで、爪などにいたってはまったく同じ、細長い楕円形をしている。

「痛《いと》うても、自由に動くようになるまでの辛抱です」

そういうと雨桐は意地悪そうな目元で、うふふと笑う。髪を後ろで束ねると富士額が現れて、生え際の形も似ているなと大いに戸惑った。

雨桐の両掌が左手の指を包むと、左手の白味がぼやけて赤味が浮き立ってくる。雨桐は曲がった親指を擦《さす》り伸ばしていく。

親指はその背に羽毛のような産毛をのせていた。一部は濃く、髭のように硬く突き出ている。生えかけのちくちくとした金色の指毛を気に掛ける様子もなく、雨桐は黙々と指を滑らせていく。

ベッドに置いていた携帯が落ちそうになり、窓際に置きなおした。

「あら、かわいらしいストラップ」

雨桐は携帯についた白いストラップを指差した。

「なんなん?」

「えっと、なんだったっけ、これ」

「お舟かな」

「あぁ、そうだ。たしか舟だったはず」

自分の声の異様さに思わず俯いてしまう。雨桐は気にかけることなく鼻唄混じりに指を滑らせていく。彼女の指は硬そうな指毛にも引っかかることなく進む。見つめていても、自分の指を揉まれている実感がなかった。押しこまれている重みはあるが、なめらかさや質感が全く感じられない。

見る限り、雨桐の指は肉感がありしっとりと柔らかそうなのだが、分厚い軍手の上から撫でられているようだった。左手は揉まれるままに身を委ねていて、徐々に雨桐の皮脂と湿気が移って、すうと立ち上がっていた体毛は皮膚に張りつき、産毛が醸しだす柔《やわ》い空気感は跡かたなく消えていった。かわりに全体が水気を含んで色めいてくる。白く乾燥していた水掻きの縁も水気を得て薄く光を通しはじめ、関節の皺《しわ》は指が通ると伸ばされて浅くなる。雨桐の黄色い指腹に揉まれると、その場所に血色と熱感を帯びていく。

雨桐の刺激に反応して手自らが火照っているようにも見えて、一旦そう捉えると、それまでは気にならなかった節立ちも今は指の腹太さをあらわしているように見え、色気づいた指が性欲のままに刺激を食べ尽し、こちらには食べカスばかりを送っているように思えてくる。

「おもろいわぁ。今まで、自分の手つないだ人ばっかりで。はじめて、違うもんつないだん見たわぁ」

雨桐は黄色い指先で人差し指の先をつんつんと刺激する。

「こっち、おいでませぇ」

口を閉じて息んでみる。すると、人差し指は五ミリほど、クイックイッと素直に雨桐を追いかけて曲がる。

「そそ、白人さん。こっち、こっち」

追いつくと、

「まぁ、お上手」

指は雨桐を撫で返した。


夜になって消灯になると、看護師の往来で天井が淡く揺れる。向かいの病室にせわしく出入りする足音が繰り返し聞こえてくる。

病室のドアを微かに開くと、

「急いで応援よんで！」

看護師の足音に医者を呼ぶ声が混じって聞こえてくる。向かいのイグナツの容態が急変したようだった。思い起こせば夕方すれ違った時、イグナツの癖である溜息の中に、喘息《ぜんそく》に似た掠れが混じって聞こえた。

すぐに何人もの看護師や医者が向かいの病室になだれこんでいく。

イグナツは亡くなるのだろうか。途端に自分の心臓が鼓動を速めていくのがわかった。全身が熱くなって、顔もまた火照ってくる。吐息でドアに結露ができているのを見て、そっとドアを閉じて、ベッドへと後ずさりする。

布団をかけずにそのまま寝そべった。唾を飲みこむと体の中に嚥下音《えんげおん》が響く。包帯を解いて副子を外すと、左手は途端に手首から力なく垂れさがる。手首に重みがのしかかり、腕ががくがくと独りでに揺れる。左手だけに肌寒さを感じて、そこにだけ布団をかけた。

慣れないリハビリで気を遣ったせいか、それともイグナツの急変で動揺したのだろうか。寝ころんでいるうちに眩暈《めまい》がしてくる。

不意に昔のことがいくつか脳裏に浮かんでくる。それらを摑もうとするも、指の間からするするとすり抜けていく。

掌に残ったのは、移植直前の診察室での会話だった。


「名前だけでなく、年齢、性別、その他一切のドナー情報はあかさない。よろしいかな？」

黙って頷くと、ゾルタンは一瞬こちらを見て、

「もちろん、免疫などの条件は問題ない。免疫的に拒絶反応が起こりにくい両者を委員会で選んだ結果だからね」

すぐに書類に目を落とす。

「移植が活発なヨーロッパにあっても、手は簡単には転がりこんでこない。移植ができる体制が整った矢先に手術にこぎつけられるなんて、君は運がいい」

「ドクトル、前みたいに動かせるようになるまでどの程度時間がかかるだろう」

ゾルタンはまたこちらを一瞥する。

「前みたいにと言うと？」

「その、元の手と同じ具合に扱えるようになるまで」

「同じ具合か……」

「前ぐらいに動くようになったら、事務を辞めて技師の仕事に戻るのもいいかなと思って」

ゾルタンは辛うじて聞こえるほどのうっすらとした息をつくと、物わかりの悪い患者に対して浮かべる表情に変わった。

「あのね」

ゆっくりと、諭すようにゾルタンは口を開いた。

「僕は内視鏡技師の仕事について詳しく知らないがね、訓練すればいつかは前ぐらいに動くようになるだろう。どのくらい時間がかかるかは手術の結果とリハビリ次第になるが」

「そうか。復帰できるかを聞きたかっただけさ」

声は自然と先細る。

「ただ、」

ゾルタンはパソコンに顔を向けたまま、語気を少し強めた。

「今までと同じ感覚で扱えるなんて思わないほうがいい」

「もちろん。手術だから、どれだけうまく繋がるかわからないのはわかってる。リハビリもきっと大変なんだろう？」

「アサト。僕が言いたいのはね。手術がどれだけうまくいこうが、リハビリがどれだけ順調に進もうが、手が腕にどれだけ馴染もうが」

キーボードを打つ手に力が籠められる。

「君が失った左手にはならない。なぜなら、他人の手だからだ」

ゾルタンは向きなおって微笑んだ。

「今まで自分の思い通りに動いてくれる他人と会ったことないだろう？」

肩を竦めると、

「そういうことだ。言っている意味がわかるね？」

ゾルタンは安心したように、「よろしい」とドイツ語で呟いた。


しかし、当時はやはりわかっていなかった。手とは何か、手を移植するということがどういうことか、まったくわかっていなかった。

向かいの病室は騒がしくなる一方だった。

「おそらく、肺に血の塊が飛んだんだろう。血圧と脈拍は？」

聞き覚えのある足音とドイツ語混じりのハンガリー語が聞こえてきた。イグナツを手術したのもゾルタンのようだった。

彼の声を聞いていると、移植前の会話が実感を伴ってぶり返してくる。すると、疑問が生じて、左手を目の前にもってきた。

これは一体誰の手なのだろうか。しかし、情報がないせいか、想像すら浮かんでこない。脳死患者の手に違いない。それなら、もうどうでもいい。譲った人間がもう死んで存在しないのなら、誰の手でもなく自分の手でしかないのだと左手を下ろした。

眩暈は収まりつつあったが、かわりに強烈な眠気に襲われはじめていた。手術麻酔のような眠気。一度体験すると、忘れることのないあの眠気。

一度だけではない。他にもあの眠気を体験した気がする。となれば、他になんらかの手術を受けたことになる。

麻酔のような眠気と共に、さまざまなことがない交ぜになって押し寄せてくる。どうして今の今まで経緯《いきさつ》を振り返らなかったのかは不明だが、どうして今晩振り返ることになったかは明らかだった。手のリハビリをはじめたからだった。

動かそうと思えば思うほど、この手が他人のものだと実感させられた。リハビリが終わった後も、手はまるで自らの役割を思い出したかのように前腕の筋肉を引っぱり続けている。

ジジジジとどこかが痺れてきた。しかし、どこを探しても痺れてはいない。体のどこでもない部分が痺れている。つまりは、それはもう失った体の痺れだった。

4

はじめから左手がなかったわけではない。生まれた時から左手はあった。他の子供と同様、いろんなものを握ったり、摑んだりしたのだと思う。右手と左手を区別して使ったことはなかったが、気がつけば鉛筆を右手で握っていて、利き手は右手になっていた。

小中学生の時はゲームに夢中になった。左手は主に十字キーの操作に使われ、右手はボタンを押すために使われたから、両者を比較することはできなかった。しかし、十字キー操作を苦手に感じたことはなかったから、やはり左手も器用だったと思う。

高校生の時、商社に勤める父の仕事でフランスにやってきた時も左手はあった。その頃は柔道に夢中になった。手の器用さが求められることはなかったが、道着の襟を摑む握力は求められた。手は薄い方だったが、二年ほど柔道を続ける間に少し厚くなった。

父の仕事が落ち着き、日本に帰ることになっても、ヨーロッパに一人残ることにした。高校で仲良くなった友人らとオーストリアの大学に進学した。その時も左手はあった。オンラインゲームが台頭してきた頃で、オーストリアでも再びゲームにはまった。その時、初めて日本人の手先は器用なのだと実感した。

当初こそ言葉と文化の壁はあったが比較的早くオーストリアにも馴染んでしまい、それくらいから日本に帰ることは考えなくなった。鉄道好きな友人と一緒に現地の国有の連邦鉄道会社の採用試験を受け、無事に入職となった。

はじめて手をあまり使わなくなったのは就職してからかもしれない。友人は現場職、自分は事務職に割り振られた。ところが事務仕事が肌に合わず三か月で辞めることになった。どうしたものか迷っているなか、高校時代の友人サーニャに相談した。現場仕事がいいことを伝えると、ハンガリーで医療事務をしていた彼女は、ハンガリーの国立大学看護学部に外国人枠があることを教えてくれて、そこに入り直すことになった。

ハンガリーは三十年ほど前から外貨獲得のために四つの国立大学で外国人受け入れ枠を設けていた。医学部では日本人の誘致が成功しており、各大学の医学部に一学年十人近くの日本人医学生がいた。十年ほど前から看護学部でも同様の制度が始まり、タイミング良く事務職を辞めたその年に看護学部に滑りこむことができたのだ。

初めてのハンガリーでの生活はスムーズだった。医学部と違って看護学部に日本人はいなかったが、二回目の学生生活は楽しかった。同じように社会人を経て入学したものが多く、みな落ち着いていた。何よりもそこで、ハンナと出会った。ジャーナリストをしていたハンナもまた、アフガニスタンでの戦地取材を経験し、現地での医療行為に関わりたいと思うようになって、看護学部に入学してきたのだった。

卒業後、ハンナは再び取材と医療支援で世界の紛争地帯を駆け巡るようになり、一方、自分はハンガリー第二の都市である、このデブレツェンの病院に入職となった。すでに在学中から付き合いはじめていたため、ハンナが戦地から帰ってきた時には、デブレツェンか、彼女の実家があるウクライナのクリミアで落ち合った。ハンガリーの東隣にあるウクライナへは国際鉄道が通っていて、長い休暇が取れた時は列車に揺られながら通ったものだった。

日本人の勤勉さはすでにハンガリーの病院では知れ渡っており、ハンガリー語が堪能でなくとも就職はそれほど難しくなかった。デブレツェンの中でも一、二を争うほど大きな基幹病院に入職したこともあり、そこでは多様な外国人を受け入れてきた土壌がすでにあった。慣れるまでは裏方の検査部に配属され、病院での言葉のやり取りに慣れた一年後に内視鏡センターに転属になった。そこにはデブレツェン大学の医局から派遣された日本人医師、敷島もいた。

センターでの業務は肌に合っていた。医者が内視鏡を操作し、看護師が介助に入る。

だいたいの場合、医者と看護師の二人組で、介助に入る看護師は内視鏡技師と呼ばれる。

センターでは敷島と二人組になることが多く、彼とは今まで多くのポリープや早期癌をレーザーやガス、注射針、鉗子《かんし》など様々な器具を使って切除してきた。スネアという金属製の輪っかでキノコのようなポリープを何百とちょん切ってきたのだ。スネアの手元にあるレバーを強く握ると鋭利なスネアがキュッと閉じて、ポリープはパスッと簡単に切り落とされた。

その瞬間が好きだった。敷島の指示の下とはいえ、他の看護師業務でポリープを切り落とせる仕事はない。その専門性の高さが気に入ったのである。手を動かすことが好きなのだとはっきりと自覚したのはその時だった。

日本で過ごした時間よりもヨーロッパで過ごした時間のほうが長くなって、今後日本に帰ることはないかもしれない、ヨーロッパで最期を迎えるかもしれない。そんな感覚が出始めてきた頃、左手の甲がうっすらと腫れてきた。

内視鏡医の敷島に相談したところ、「感染かなぁ。でも熱感はないし、傷口もないし」と同病院の整形外科に紹介状を書いてくれた。

休憩時間に整形外科を受診したところ、整形外科部長のウラースロは左手を見るなり、

「検査しよう。単純X線とMRI、あとは……」

とすぐに振り返って、看護師に予約を取るように指示していく。そして、看護師が放射線科に電話しているあいだ、老医師ウラースロは両手で左手を包みながら話しかけてきた。

「左利きじゃあないだろう?」

「ええ」

「だろう。握った時の感じでだいたいわかるんだ。利き腕はもっと、体の芯と繋がっている感触がある」

垂れた瞼《まぶた》の奥から左手を覗きこむ瞳は緑色をしていて、それを見つめながら落ち着きのあるハンガリー語に耳を傾けた。そこから検査に回され、次に診察室に呼ばれた時にはモニターにいくつもの画像が映しだされていた。

何の気なしにイスに座ると、

「骨肉腫か、軟骨肉腫か。どちらにしろ、悪性で間違いないだろう。切断になる」

と開口一番に診断が伝えられた。

一週間後、精密検査でも肉腫という結果が出たから切断しなければならないと説明されて、大いに参った。気が動転するなか両親に相談すると、はじめは同情的だったが、左手を失ってもクビになるわけではないとわかると、すぐにあっけらかんと励ますようになった。

「手で良かったじゃないか。内臓に癌ができていたら、もっと大変じゃないか」

若くして胃癌になった同僚の誰々は胃を全て切り取ってからひどく痩せてしまった、とか、肺癌で片方の肺を取った親戚は一気に老けてしまった、とか。

手の癌が全身に転移するまえにさっさと切り落としてもらいなさい、と最終的に二人は早く手術を受けるように説得してきたのだった。それからは両親に電話をしても、利き手じゃなくてよかったなぁ、とか、手と足だったら足のほうがきつい、利き手じゃない手が一番ましだな、と呟いてくる始末だった。

そういったところはハンナも同じだった。切断しなければならないと伝えた時、はじめは驚き、そして、優しく慰めてくれた。しかし、しばらくすると左手の切断が自身に影響することばかり話しはじめた。

たとえば、戦地から帰ってきた時、彼女の薄茶色の両掌はいつもガサガサに乾燥していた。しかし、わずか一週間くらいで艶々とした掌に戻る。彼女が言うには、自分と手を繋いでいるうちに皮脂が染みこんでくるらしい。日本人の天然クリームがわたしには合っている、とのことで、実際、二人で出かける時はいつも手を繋いで、両手のかさつき具合を見ては繋ぐ手を逆にしたりした。

〝左手を切断することになったら、わたしの右手はガサガサのままで治らへんわ〟

とハンナは右手同士で手を繋いで歩けないことに首を傾《かし》げたりした。買い物の時は

いつも手を繋いで、残った手で荷物を持っていたから、

〝今度からわたしが荷物を持たなくちゃね。嫌だわ〟

と生活上の不便が自身に及ぶことを愚痴ったりした。それでも、寝る時に後ろから抱きしめると、右手同士は自然と重なって、

〝まぁ、慣れやな。手が二個あるもので良かったわ〟

と、まだある左手を忘れたかのように右手ばかりを両手で握りしめてきたのだった。

そういった周囲のあまりのあっけらかんとした態度に、いつしか自身も、足だったらもっと不便だろうし、手でも利き手じゃない分ましかもしれないと前向きに考えるようになった。それでも時々胸がもやもやとしたりして、完全にすっきりしないまま、二週間後には切断となった。

切断のショックはもちろんあった。それは前腕の先になにもついてないのを見る時よりも、腕を持ち上げた時に感じた。すかすかの発泡スチロールでも拾ったように腕は軽くて、手を失くしたのだと実感するのだ。

左腕を上下に振っても何の反動もない。そのせいで、胸まで虚しく空っぽになってくる。手術が終わってから毎朝、腕を持ち上げるたびにその軽さに涙が流れてきた。

「アサト、おはよう」

朝食の時間になり、廊下には配膳車のゴロゴロというキャスター音が溢れていた。

朝食を受け取ってテーブルに置き、その足でカーテンを開けた。舞いこんでくる陽射しの眩《まぶ》しさに両手で目元を覆うようにした時に、左腕の軽さにはっと息を吸いこんだ。手術後五日目になると涙は出てこないが、虚しさが尽きるにはまだ時間がかかりそうだった。

配膳された朝食を目の前にしても食欲は湧いてこない。ウインナーを一本つまんでから、右手のスプーンでただオートミールをジャリジャリとかき混ぜた。

「おはよう、回診だ」

挨拶の声はウラースロの枯れたものとは違って、若く低かった。

「どうも」

そう返すと、白衣を着た中年の医者らしき男はベッドサイドまで来て、

「今日から新しく主治医になったゾルタンだ。よろしく」

と告げながら左腕の切断面を一瞥した。

「ドクトル・ウラースロは?」

「どこに行ったかわからなくてね、こっちがききたいくらいだ。ただ、消えた理由はわかってる」

ゾルタンは紙っぺらを一枚差し出した。病理検査結果と書かれた紙の中ほどに、切断された左手の写真、その横には病理結果:線維性骨異形成と載っていた。

「端的に言うとね、肉腫ではなかったのだよ。どこをどう間違えたのか、君の手の腫れはただの良性の骨の異常でね、手を切断する必要などなかった。そして、なにより残念なのは」

ゾルタンは急に不満げな顔をして、溜息を吐いた。

「切断した左手はすでに壊死《えし》していて、再接合できない。手が生きていれば、僕が繋いであげたのだが」

腹から鳩尾あたりに熱が浮きあがってくる。頭に何の言葉も思い浮かんでこない。ただ鳩尾あたりにもんやりとした熱がこみ上げてくるばかりだった。吐き気はあるのに吐くものはなかった。

朝食を食べていれば食べ物に熱をのせて吐きだせたのに、とベッドテーブルの朝食を見た。

ウインナーに目玉焼き、オートミール、アーモンドミルク。

今ではそれらも喉を通りそうにない。

ゾルタンは検査結果や画像の一部が誰かによって削除されており、誤診の流れが不明なことなど、きな臭い経緯を一通り説明し終えると、

「動揺しているところすまないが、切断面を見せてもらおう」

左手の切断面を触診しはじめる。縫合部から前腕まで触った後、縫合部の手術糸を

ピンセットで引っ張っていった。

ゾルタンはざっと診察を終えると、ピンセットをドルカに手渡した。

「何の気休めにもならんだろうが、問題ない」

「問題ない？」

「左手切断術および左前腕の断端形成術は成功ということだ。感染もなく、出血もない。やる必要のない手術だったが、手術自体は失敗していないということだ」

そう言うと、ゾルタンは病室を足早に去っていった。

必要のない切断が見事にできている、そう言われて左腕を見た。たしかに前腕はその先端ですっぱりと切れていた。

その日の夕方、術後から処方されていた抗生剤の他に抗不安剤が追加されていた。ドルカからは飲みたくなければ飲まなくてもいい、と言伝《ことづて》があり、どうやら、あの偏屈そうな医者なりの気遣いらしかった。

しかし、はじめはしけた面《つら》で気遣いしていたあの医者も数日経った頃にはひどくお喋りになった。

「しかし、あの恥知らず、ウラースロはとんでもないことをしてくれたね。君には申し訳ないばかりだ」

触れづらそうにしていたウラースロの誤診についてもお構いなしに語る。

「どこに雲隠れしたか知らんが、まぁ、心配ない。もうハンガリーの病院でメスを握ることはできまい。働けても、せいぜい地方の小さな診療所で、腰痛の患者に痛み止めの注射をするくらいだ」

ゾルタンは毎朝毎晩、腕の断面を消毒している時間、ひたすら手について講釈を垂れる。

「知ってたかい。手の切断はね、別に手の専門家でなくともできる手術でね。たいがいは一般の整形外科医がやってるのさ」

矢継ぎ早に話すと、勢いよく息継ぎをして大きな鼻をぶるっと震わす。それから、ゾルタンは消毒の準備に手間取っているドルカにドイツ語で「のろま」とぼそり呟いた。それはドイツ語が聞きとれない看護師らに悪態をつく時の、彼のやり方だった。

「本来、手の専門家は手の接合をするだけで、切断なんて荒い仕事には興味がないのだよ。まぁ、この病院では手の切断どころか、脚の切断などもやらされているがね」

後に同僚から、ゾルタンは十年ほど実験室に籠って研究に没頭していたと聞いて、彼はオタクなのだと合点がいった。

自分の分野となるとやけに饒舌《じょうぜつ》になるところ、アカデミックでいやに気取った話し方をするところ、研究をやったことがない臨床医を見下しているところ、学術的な話が理解できない相手には途端に寡黙になるところなど、彼の特徴が一気に腑に落ちた。

院内には他にも長らく研究していた医者が数名いて、彼らは常に患者と接し続けてきた臨床一筋の医者とは違ってとっつきにくかった。壁があるうちは話してくれず、壁が取れれば話が長くなるのは、日本のみならず世界に共通するオタク気質の特徴らしかった。

相槌が多いとされる日本人で、医療についてある程度の知識がある自分などは、ゾルタンの恰好の話し相手だった。消毒をされながら、逃げ場のないベッドで彼の講義を受けるしかなかった。しかし、懸念の一つは晴れつつあった。

一部では彼はかなり歪んだ愛国主義者と囁かれていた。噂の根拠となるものは幾つかあって、たとえばハンガリー右派の政治家が糖尿病の治療で入院となった時も、なぜか内科病棟ではなく整形外科病棟の特別室に入院となって、ゾルタンと親し気に話す姿が目撃されていた。

そのあたりから、彼は国内の極右集団と関係があるとか、隣国の過激な極左政党とも通じているとか、あるいは、最近西ヨーロッパのある国で台頭しつつある極右政党の立ち上げに関わっていた、などという噂も広がりはじめた。

なにより、同時期にテレビに流れた一つのニュースが決定的だった。それは彼がかつて所属していたバイエルンの研究所が解散になったというものだった。その研究所は思想集団の活動拠点だったらしく、研究員たちは国から給付される研究費の大半をとある政党に横流しし、活動を支援していたのだ。

一人の人物が研究員たちを取りこんでいったのか、あるいは、そういった者たちが偶然集まったのかは不明だが、ある時期から研究所長が面接で同じ思想を持つものばかりを採用するようになったのは確かだった。結局、国からの摘発を受けて半年後には、その研究所は解散となり、研究員たちはヨーロッパ中に散り散りになった。

当のゾルタンはその摘発が入る一年前には研究所をやめて、この病院に就職していた。しかし、彼がその研究所出身ということは広く知られていたため、そのニュースが流れると同時に彼にもそういったレッテルが貼られることになった。

十年近くその研究所に所属していたことを思えば、すっかりそういった思想に染まっていそうなものだが、実際のところ研究員の全てが取りこまれていたわけではないらしい。数百名いる研究員たちの中でも「免疫」グループと「再生医療」グループ、あとは「脳神経」グループを中心に百名ほどの研究員たちがそうであって、それ以外のグループにはほとんどいなかったらしい。

分野から考えると、ゾルタンが所属していたのはおそらく「神経と微小血管の再接合」グループということになるから、そうならば彼はまったくの無関係になる。

初対面から日本人《ヤパァナ》日本人《ヤパァナ》と口癖のように出てきた時はやはりそうなのかと警戒したものの、彼の口から出てくるのは手の話ばかりで、そういった類の話はほとんど出てこなかった。そして、ゾルタンに接していて感じるのは、彼を洗脳するのは並大抵ではないということだった。それくらい、彼は頑固でマイペースだった。

「切断面を見せてくれ。うむ。完全に癒合しているね」

ゾルタンは鑷子《せっし》で綿球を摘まむと、消毒液の中にとんとんと浸ける。それから綿球を、切断されて丸くなった左前腕の断面にぐいぐいと押しつけた。

「消毒は今日でおしまいだ」

そういうと摘まんでいた綿球をビニル袋に向けて放り投げる。綿球は見事に入ったが、紫色の消毒液が床に数滴落ちた。

「皮膚の残し具合はまぁまぁか」

ゾルタンは手袋を着けた手で前腕の丸まりを撫でていく。

「皮膚を残し過ぎるとね、ダブついた場所に血が溜まって血腫ができやすくなる。かといって、皮膚を切りすぎるとね、断面を閉じる際に皮膚を引っぱらないといけなくなる。そうすると、皮膚がのちのちになって壊死したり、骨の先端が皮膚を突き破ったりしてくる」

ドルカからピンセットを受け取ると、

「ウラースロの縫合はね」

今度は断面を縛る手術糸をピンセットで順番に引っ張っていく。

「少々糸のテンションが強いが、弱いよりましか。彼の縫合は及第点といったところかな」

ゾルタンはピンセットをドルカの掌にポンと返す。

「股関節とか、大きな手術をやる医者の縫合といった感じだ。まぁ、これが一般整形外科医のやりかたなのだろうね」

実際、切断面を縛る縫合糸は太く、まるでチャーシューでも縛るかのように粗く縫われていた。

「閉じられてさえいればいい手術だから、これで問題はないんだが、しかし」

ゾルタンは得意げに微笑む。

「こんな太い糸で縫っているのだ、ウラースロはもう老眼がだいぶ進んでいたのかもしれないね。ドルカ、はさみをくれ」

「お歳でしたから。どれにしましょう?」

「それでいい。こんなもの大した縫合じゃあないんだ」

ゾルタンは大振りの鋏を受け取ると、人差し指に通してからクルリと回した。

「しかし、誤診で手を切り落としてしまうとは、ぼけもはじまっていたのか。まぁ、僕が君を縫うことがあれば、とんでもない細さの糸で縫ってやろう。これより、もっと綿密で、かつ、縫い痕が残らない芸術的な縫い方ってのがあってね」

ゾルタンは太い糸に鋏をいれて、パツンパツンと無造作に切っていく。

「よし、これで抜糸終了」

断面から最後の糸を抜くと、豚まんのような腕の断端だけが残った。

「ガーゼも包帯もけっこう。そうだ、あれ持ってきて」

ゾルタンはドルカに目配せする。ドルカが持ってきた盆の上には左手の骨があった。

「燃やした左手の骨だ。僕が復元したんだよ。看護師に頼んだんだがね、彼女らはどれがどの骨かわからないというんだよ。専門家から見れば一目瞭然なのだがね、ははは」

ゾルタンは包交車の引き出しをしまいながら笑う。

これが自分の左手に埋まっていたのかと手の骨をまじまじと見つめた。発掘された恐竜の化石みたいに骨が手の形に並べられている。

「全部で二十七個ある」

「たくさんあるんだな」

「手の複雑な運動を表現するにはこれだけの数が必要でね。特に手の根元、ここらに密集しているだろう。手根骨といってね。あぁ、本来ここにもう一つ骨があったはずなんだが。月状骨といってね。しかし、僕が担当になった時にはもう見当たらなくて。どこにいったんだろう。すまないね、人の骨を失くすとはあるまじきことなんだが、病理医は絶対に持ちだしてないっていってね」

数えてみると、たしかに二十六個しかなかった。手の根元には小さな骨がひしめいており、それはヨーロッパの国々に見えた。

「ここ割れてるな」

「切断時に傷ついたのさ。まぁ、切断なんてアバウトなもんだ。残る腕のことは気にしても、捨てる手のことなんか考えないからね」

自分の体のごく一部とはいえ、自分の骨を見るのは奇妙だった。悼んでいる心地と悼まれている心地が同時にして、まるで自分の葬式に自分が参列しているようだった。

「もういいかい？　あとはこちらで処分するつもりだがね」

理不尽に切り落とされた左手は本当に不憫《ふびん》だった。次第にその不憫な気持ちがまさってきて、白く並んだ骨の中から、くの字に曲がった骨を摘まんだ。それは触ると硬そうだったが、持ち上げると軽かった。

「これはなんて骨？」

「スキャフォイデュームだね」

「ラテン語？」

「そうだ。ラテン語で舟状骨《しゅうじょうこつ》。舟の形をしてるだろう」

「たしかに。ただ穴が空いてる。これじゃあ、沈没するな」

舟底に近いあたりに一ミリほどの穴がある。

「はは、それは君の骨だけだね。切断時にウラースロが誤って傷つけたのかな、いや、それにしては綺麗に空いてるから、生まれつきだろう」

たしかに目を凝らすと、穴はぽっかりと空いていた。

「これ、もらっていいかい」

「気に入ったかい。もちろん。君の骨だからね。残りはこちらで処分するよ。あぁ、そうだ。明日から一般病棟だよ」

そう言うとゾルタンはカーテンから出ていった。

右の掌に舟状骨を載せると、少しばかり元気が出てくる。穴が空いているから、紐を通して携帯ストラップにしようと思いついた。しかし、右手だけでは紐は通せそうにないから、ハンナに会った時に頼もうと右手で骨を包みこんだ。

すでに何の痛みも無くなった左腕にも力をこめてみた。左の前腕を捻じろうにも捻じれない。捻じり方を習うように右腕を捻じってみると、右腕は簡単に裏と表に交互に返った。同じように左腕を捻じろうにもまるで返らない。

手がないと腕は捻じれないのだろうか。左腕はただ一方をこちらに向けている。血管や筋はまったく浮き出てこない。すとんと抜けて、腕はただの棒きれに見えた。

翌日から一般病棟に移り、体に電極を貼られることはなく気分が落ち着いた。建物はドーナツのように真ん中が抜けており、中庭に面するこの窓からは向かいの外壁と窓しか見えない。顎を上げると、ようやく白くくすんだ吹き付けタイルが見切れて、その奥に僅かな空が横線になって青色を挿す。見下ろすと、日中は診察待ちの患者がちらほらといて、石造りのベンチや中央にある花壇の幅広な縁に腰かけて楽しそうに話しこんでいる。午前中は患者を呼ぶ看護師の声が響いて、突き上げ窓の隙間から滑りこんできたり、時に点滴台のキャスターがガタガタと石畳を叩きつけて進む音も紛れこんできたりする。

そういった賑やかな日常を見つめていても、食欲は湧いてこなかった。左手と一緒に食欲まで失くした気分だった。

そんな折、勝手の分かったローベルト局長は「病院食は味気ないだろう?」とサンドウィッチを差し入れに持ってきた。

局長が持ってきたのはサンドウィッチだけではなかった。世間話も束の間、局長が丸イスに座ってコーヒーを啜り、こちらがサンドウィッチに齧《かじ》りついたあたりで、復帰後の職場が内視鏡センターから事務局へ異動となる話を持ちだした。

「数か月後には義手を着けられるそうで。そうすれば、すぐにセンターに復帰できます。もうすぐ、技師の認定資格もとれるだろうし」

「事務なら問題ないはずだ。仕事量も調節できるし、患者に直接影響も出ない」

ローベルト局長は目尻に皺を寄せて、同じ文言を繰り返す。

「センターは問題なく回っているから心配しなくていい」

そう言って、局長は病室から出ていった。

後を追うようにして、病室を出た。階段を下って廊下を道なりに進む。内視鏡センターの受付には誰もいなかった。受付を通り過ぎて検査室の裏手に回ると、ブースから、パスッパスッという送気する音、ガラ、ガラガラという胃液を吸引する音、キュ、キュキュキュという鉗子を送る音が懐かしくこぼれてくる。閉じられたカーテンの隙間からブース内を覗いていき、五番ブースにハンナの甥、ネストールが寝ているのを見つけて、そっと入っていった。

ブース内は電気が落ちていて、モニターに映った血色の良い大腸がブースを薄紅色に照らしている。内視鏡を握っていた敷島が振り返った。

少し戸惑った顔をした後、

「おぉ、アサト」

紅が差す顔をモニターに戻した。モニターには赤くただれた腸の粘膜が映っている。

「少し荒れているけど、問題ないよ」

一年ほど前にネストールは突如腹痛と発熱に見舞われた。解熱剤で様子を見ていたが、とうとう血便が出始めた。近くの病院で自己免疫に関係する腸炎との診断が下《くだ》った。悪性化する可能性のある難病であること、そして、当時ネストールはまだ中学生だったこともあって、ハンナはえらく心配した。彼女はこの病院の消化器病センターがその難病に対して良い結果を残していることを聞きつけると、夏休みに彼をここまで連れてきたのだった。

ネストールは内向的で少し気に病みやすい性格だった。生まれも育ちもウクライナである彼をハンガリーに連れてきた時、ハンナから彼についていろいろと相談を受けた。そして、彼がこの異国で検査や治療を受けている間、寂しい想いをしないためにと当時流行っていたニンテンドーのゲーム機を買い与えた。

あの時まだネストールはハンガリー語がまったく話せなかったが、小児科病棟の子供らや、果ては事務員のボトンドや清掃員のイグナツたちとも、ゲームを通じてうまく馴染んでいった。

「新しくはじめた薬がよく効いてる」

「よかった」

初めて見たときのネストールの大腸は真っ赤で大小のぶつぶつが沢山できていたが、今はつるつるになっている。

「こっちの大学に入りたいんだって?」

「そう、ハンガリー大学に。この国がいいんだって」

ネストールは鎮静剤で心地よい寝息を立てている。

「好き嫌いが激しいやつで。病院はここ。検査は敷島先生だって。日本人びいきみたい」

「君のことをよっぽど気に入ってるんだろう」

「ゲームの相手をしてやってるから」

「君は器用だね。ハンガリー語もうまくなって。僕のほうが長くここにいるのに」

「ローマ字ならすぐに頭に入ってくるんだ」

「羨ましい。たいがいの言語はいける？」

「聞き取るだけならね。ただキリル文字はからっきし。だから、いまだにウクライナ語はまだまだ」

「ふぅん」

モニターには大腸が拡大されて映っており、洞窟のように深い襞《ひだ》の連なりが奥まで続いている。

「インジゴ一本」

敷島が言い終えるや、チェンが濃紺の色素水で満たされた注射器を内視鏡の鉗子口に差しこんだ。

「散布」

「はい」

チェンが注射の押し子を最後まで押しこむと、モニターの大腸が真っ青に染まる。するとブース内の顔々は腹に病気を抱えたように青黒く照らされる。

「事務局に異動することになったよ」

シューーーー、空気を吸引する音が響く。すでにここにも通達はいっているようだった。敷島は手を止めると内視鏡を肩にかけ、ぽんと背中を叩いてきた。それから頷くと、敷島は検査を再開した。

「義手をつけたら帰ってくる」

そう宣言したものの誰も返事はしない。左腕を持ち上げてみても、敷島はモニターを凝視して、チェンは液漏れで汚れた床をガーゼで拭いている。手のない腕は捨てられた棒きれのように誰にも見向きもされない。

悔しさのまま右手を握りしめても、体には半分の力も籠らない。右手の結び開きだけでは込みあがる想いの丈には及ばず、胸から悔しさが萎《しぼ》んで消えていく。左手がないと悔しがることさえ、うまくできなかった。やはり、生きた手でないとできないことがある、彼らはそう言いたいのかもしれない。手を失くしてから、ネストールもゲームの通信対戦を申しこんでくることはなくなり、ボトンドとばかり遊んでいる。

顔を上げると生理食塩水が大腸の中に流れこんで色素は洗い流されていった。検査に集中しはじめた敷島に背を向けてブース裏から抜ける。エンマが検査を終えた患者と話をしていた。その丸い背の後ろを通ってセンターから出ると、後ろからエンマの穏やかな声でまたねと聞こえた。

病室に戻って、窓に目を向けた。一般病棟の窓は突き上げ窓のため下枠が二十センチほど開くだけだった。病院は社会主義時代の刑務所をそのまま譲り受けたもので、今でも鉄格子の刺さっていた穴が窓枠に幾つも残っている。

中庭から物音は一切聞こえなかった。夕暮れの陽は建物に遮られ十分に入らず、中庭は薄暗かった。花壇に植えられた草花は淡黒く盛り上がって、かわりに外壁の窓から漏れる明かりが目立ちはじめる。

正面から一つ下の二階の窓から、内視鏡センターの廊下がオレンジ色の明かりで浮かび上がっている。その明かりの中で技師たちが忙しそうに廊下を往来していた。ネストールの検査は終わったようだった。先ほどのブースはカーテンが開かれ、そこからチェンが鰻のような黒く長い内視鏡をブース裏の廊下に運びだしている。洗面所で窓に体を向けて俯き、スポンジを走らせる。

少し前まであの窓に枠取られた風景の中で働いていて、洗浄している時などは俯いたままの首が辛くて、よく正面少し上のこの窓あたりを見上げていた。

せわしく立ち回るブース裏を眺めていると、いつか内視鏡を両手で洗いながらこの窓を見上げる自分と目が合いそうな気がして、窓を閉めてカーテンを引いた。ベッドテーブルを奥に押しやり左腕を引き寄せた。

手を失ったこと以上に、異動命令は胸にぐっとのしかかってくる。ゾルタンから局長にかけあってもらおうと思いついた。そもそも、手を失くすことになったのはこの病院の整形外科医による誤診なのだから、負い目があるだろうと。

しかし、この週末に退院が決まったのと誤診による賠償金の額が決まってから、ゾルタンは病室をめったに訪れなくなった。来たとしても左腕を上げて切断面の丸まりを向けると、ゾルタンは頷いてすぐに病室を出ていくのだった。「手の専門家」だから、手がついていない腕には興味がないのだ。

もし、右手も切断して両手を失ったとしたら、ゾルタンには自分が見えなくなるのではないか。いや、ゾルタンだけではなく、みんなからも。そんなことを考えながら、肘を曲げて断面を自分の顔に向けた。

縫合部位の両端は直線的に癒合し、中央は乱杭になって閉じている。大きさも見ため も餃子そっくりだった。乱杭の縫い目は引っ張っても裂けるような痛みは一切なく、右手の親指で触るとごりごりと二つの骨に皮膚が食いこむ感触があった。

どうすれば内視鏡センターに戻れるだろうか。義手でも介助に入れるのではないか。目を閉じて縦長のブースを思い浮かべる。レバーを右手で持って、左手の義手でその先端を内視鏡の鉗子口に捻じこむ。左腕を素早く動かして……。

ふっ、と左手がまだあるような心地がして閉じていた目を開ける。しかし、左腕の先はやはり空っぽのままだった。唾を飲み下し、もう一度目を閉じ、匂いを嗅ぐように意識を集中する。しばらく待つと、左腕の先から薄モヤが立ち昇ってきた。白い煙は溜まって色を濃くして扁平にかたどられていき、さらにその外縁から触角のように五本の白線を伸ばしていく。伸びきって行き止まると、やがて肉付いていき、五つの細まりになる。細まりは垂れるように全てが緩やかに曲がっている。

空っぽが埋まり、口元が緩む。目を開いて、左腕を目の前に持ってきた。やはり腕の先に手はついていない。しかし、依然として腕先に煙のような左手を感じる。

あぁ、幻肢だ。

ゾルタンに言われていたものが腕の先に現れていた。失くなった自分の手、その微かな存在感を確かめるように目を瞑《つむ》った。手が、ある。体の空白が埋まっていくと、自然と体全体に力が漲《みなぎ》ってくるのだった。

切られた左腕の先に幻肢が初めて現れた時、それは良くない徴候だと知らされてはいたが嬉しかった。左手を失い、事務職への異動を言い渡されて、ぽっかりと穴の空いた胸を慰めてくれた。

そのため、何かあるたびに目を瞑って、左手の弱々しい感覚に意識を集めた。すると、応えるように、手の輪郭は徐々にはっきりとし、曲がった五つの指の先端まで感じられるようになった。

しかし、柔らかに曲がった指を握りしめようとしても、左肩が力むばかりで指は曲がらなかった。伸ばしてみようとしても全く反応がない。前腕も相変わらず棒のように固まったままで筋も血管も浮き上がってこない。見えないけれどたしかに手はあるが、間違いなく手首で、手と腕は分断されていた。

脳が勝手に作りだした幻の手が自分を喜ばせたのは初めだけだった。次第に、安らかな存在感は煩わしい痺れに変わった。

繁忙期が終わり、ようやく落ち着きだした頃だった。溜まった疲れと苛立ちの余韻が未だに事務局内に残っていて、代わり映えのない電話の呼びだしにも小さな溜息がどこからか漏れ聞こえたりした。

隣のボトンドのしつこい咳払いを聞き流しながら左腕を動かし続けていると、

「すりすり、すりすり、うるさいな。マナー違反だぞ」

とうとう、ボトンドが隣のデスクから覗きこんでくる。

「また痛んでるのか」

その苛立った気遣いに苦笑いを返すと、ボトンドは肩をすくめて喫煙室へと歩いていった。

隣席のボトンドは同期入職で、二年前の新人顔合わせの懇親会で仲良くなった。この根っからのハンガリアンは、アジア人であれハンガリー語が話せるとわかると途端に馴れ馴れしくなった。それ以来、ボトンドは事務畑で、医療現場で看護師として働く自分との日常的な交流はなかった。しかし、食堂などで偶然顔を合わせた時は会話を交わしたりする仲ではあった。左手を失ってセンターから事務局に異動になるや、ボトンドは率先して、この黙りがちで話を聞いてくれるアジア人を隣席に迎えたのだ。

左腕を忙《せわ》しなく動かしてしまうのはしょうがなかった。診療報酬のカルテ入力は左腕のこの丸い断端では小さなキーボードを打てなかったため、右手のみでの入力になった。それに見合った仕事量に調節してもらっていたとはいえ、頭の回転に右手の入力が追いつかなくて気が逸《はや》りがちになっていた。

一方で、見えない左手の存在感は日に日に増し、伸びきることも曲がりきることもない中途半端な恰好をしていた。気がつけばカルテを打ちこんでいる間中、左腕の断面を太腿に押しつけてしまう。

しかし、押しつけようにも幻の手は太腿の表面をすり抜けて、その中で柔らかく指を屈めている。それは日本の中学時代を思い出させるもどかしさだった。朝礼で直立している時にもぞもぞと体を動かしたくなるあの衝動。それが左手にあった。くっきりと感じられるわりに一切動かせず、一切触れられない。手を動かしたいという衝動が内部に募っていくばかりだった。どうやら存在感はその衝動によって増しているようだった。強烈な存在感はジジジという痺れに変わりつつあった。

今朝からは一段と痺れは増し、それに応えるように強く擦りつけていた。しかし、幻の左手は軽く曲がった恰好のままで、いかなる干渉も受けつけない。午後からは荒波のようにひどく崩れだし、細かく壊れながらも一つ一つが白く粒立って震え、今は太腿の中でひどく痺れて痛んでいた。

キーボードから手を離して、左手で頬杖をついた。頬に丸い先端が食いこんで、皮膚越しに腕の骨が硬く歯に当たる。

奇妙な食い違いに振り回されていた。感じられるけれど実体がない、ということに慣れなければいけなかった。しかし、そんな経験は今までになく、意識しない限りどうしてもあるものとして扱ってしまう。

気を取り直してデスクの本棚にある義手カタログに手を伸ばした。カタログを手に入れた当初、人の手そっくりの装飾用義手のページばかり開いていたが、今は中ほどの作業用義手のページに何枚も黄色い付箋《ふせん》を貼りつけている。

装飾用はシリコーン製で温かみのある肌色だが、作業用は靴の木型に似たものの先に様々な手先具がつけてあり、フック状、鳥の足状、止めネジが付いた鎌持ち型のものなど用途に適した形をしている。それらは内視鏡の器具を彷彿とさせる。幾つかの義手を組み合わせれば内視鏡介助に就けるのではないか、そんな期待を持ち始めて以来、義手のカタログを見ることが心の慰めになっていた。

しかし、そんな気晴らしさえ掻き消すほどの痺れがでてくると、思わず壁かけ時計を見上げた。夕方四時。外来は患者がおおかた捌《さば》かれて、医者が一息つきはじめる時間帯だった。しかし、整形外来の「Zoltan」の文字の後には（予約外来）と付け足されている。

イスにもたれて漏れでた溜息にも熱が籠っていて、ボトンドもあれから咳払いばかりで話しかけてはこない。大きく首をうなだれた後、院内用のＰＨＳ表をなぞってゾルタンの名前を探しはじめた。

外来のドアを開くと、

「どうぞ」

ゾルタンはパソコン画面を見たまま入力を続ける。

「申し訳ない。予約外なのに突然」

イスに腰を下ろしながらこくりと頭を下げた。ゾルタンは目の端でそれを捉えて、パソコンに向かって小さく頭を傾げた。

日頃かしこまって自然と頭を下げるたび、ハンガリーに対して愛着がわいた。つまりはハンガリーのお辞儀文化に救われていた。

今まで住んできた他のヨーロッパ諸国にはお辞儀の文化がなく、このお辞儀でしか表せない心持ちがよく宙ぶらりんになった。なんとかそれに代わる言葉や仕草を見つけだせた国もあれば、見つからないまま去った国もあった。

ハンガリーには温泉文化があったり、赤子のお尻に蒙古斑があったりと日本と似通ったところが多かったが、この地にすんなりと馴染めたのは何よりこの仕草が通じたからだった。今でも日常の風景の中でごく自然なお辞儀姿を見かけるたび、胸の中で短い帰郷が果たせるのだ。

左手の事情を聞いたゾルタンは、そうかと答えて、

「箱持ってきて」

振り返って外来看護師に言いつける。

「それは以前に説明した幻肢痛だ」

「やはり」

再び頭を下げた。

「脳はいまも左手があると思いこんでいるのさ。だから、動かそうと信号を送る。幻肢は動かせるか?」

「いや、ずっと同じ恰好で」

「だろうね」

ゾルタンは頷いた。

「動かしたいのに動かない。脳に左手が動いた感触が返ってこず、苛立つ」

「それがこの痛み？」

「あぁ、ナイフで刺されるように痛む人もいてね」

「ドクトル、ミラーボックスです」

看護師が箱を机の上に置くと、ゾルタンはとうとう諦めてキーボードから両手を引いてこちらに青黒い瞳を向けた。

「さぁ、両腕を入れて」

診察デスクの上に置かれた箱は薄いプラスチック製の簡素なもので、上面にフタはなく側面には二つの丸い穴が空いている。全体が白い中、その穴の周りだけが黒く縁どられている。

「立って、箱の中を上から覗いてごらん」

立ち上がり箱を上から見ると、中は鏡の間仕切りで二つに分かれている。

「右側から鏡を見るんだ」

指示通り右側から覗くと、両手が揃《そろ》っていた。

「真ん中の鏡に右手が反射して、左手があるように見えるだろう」

「あぁ」

「右手をグーパーして」

箱の中に揃った両手がグーパーを繰り返す。左手が動いている感触があり、ジジジと感電したような痺れが薄らいでくる。

「どうだ？」

「左手が動いている感じが」

「これがミラー療《そ》法だ」

右手の指を反るほどに伸ばして、続けて軋むほど力強く握りしめると、左手も同じだけ反って同じだけ握る。

「実際動いているのは右手だがね、鏡に映って左手が動いているように見えるわけだ。それを脳が錯覚して、左手が動いている感覚だと捉えて満足してくれるわけだよ」

親指で人差し指を掻いたり、手全体を振ってみる。

「痛みがとれてきた」

脳みその痒いところをぼりぼりと掻けたような解放感に安堵の息をついた。

「君にはこれが効くようだね」

「他には？」

「幻肢痛は奥が深くてね。痛み止めなどは基本的には効かない。今、うちの科の医長が失くした手が動くVRを作っているところさ。いずれ、メタバースで完全な体を動かす実感がえられれば、すべての欠損者たちの治療になるだろうね。しかし、ミラー療法が効くなら、手軽で一番だ。外来の診察室裏に置いてあるから、いつ使ってもいい。鏡だけでも効果があるから、大きめの手鏡でも大丈夫だろう。自宅なら姿見かな」

そういうとミラーボックスに両腕を突っこんで鏡を見つめる自分を残して、ゾルタンはさっさと隣の診察室へと行ってしまった。

右手を動かし続ける。左手の痺れが薄れていくと共に左の前腕がほぐれていく。やることがなく棒のように固まっていた腕がほぐれて、腕の中を何本もの筋が鞭《むち》の塊のようにうねうねと波うち、むずむずしてこそばゆい。筋が入れ替わりで浮き沈みして、血が通いはじめ熱が差してくる。

ふと右側から覗いていたのを真上から覗きなおした。鏡で仕切られた左側の部屋は空っぽで動くものはなく、入り口の穴から左腕のまん丸い断端が突き出て静かに佇《たたず》んでいる。左手がもう一度切断された心地がして、眩暈が起こりそうになった。腕がきゅっと固くしまって、ただの棒きれに戻った心地がした。

## 5

「酸素と、あとは吸引チューブッ」

太く尖った声が頻繁に廊下に響く。その中で時おり看護師が聞き取れないほどの早口なドイツ語で彼女らを罵る声があり、ゾルタンが苛立っているのがわかる。

ベッドの上で寝返りを打ち、仰向けになった。そして、両腕を暗い天井に向かってゆっくりとあげていった。寝ていたせいか、あるいは思い出していたせいか、腕が重く感じた。両腕とも重く感じたが、左腕の方がやはり重かった。腕の先に他人の手がついていると、それはおもりになるらしかった。今はもう左腕の先は空っぽではなく、腕もまた棒きれではなかった。手と腕には常に引っ張り合いがあり、緊張があった。

手の重さとは裏腹に、頭は軽くなっていた。いつも頭にかかっていたモヤの一部がとれた、そんな心地がした。少なくとも、ウラースロが清掃員ではなく医者だったことと、そして、彼の誤診によって手を失ったことは思い出すことができた。

手と腕の繋ぎ目を凝視した。ここにかつてあった、荒く縛られた断面。それは今、跡かたなく消えてなくなっている。ゾルタンによって断面は開かれ、この手の断面と繋げられたのだ。今後、手が動けば動くほど、腕の内側はかき混ぜられることになるのだろう。

向かいの部屋はいまだ騒がしかった。イグナツは助かるのかもしれない。するると、突如向かいが静かになった。ベッドから起き上がって、息を潜めてドアに手をかけた。数センチ開けると、心臓が高鳴ってくる。顔に甘い熱が上がってきた。病室から肩を落とした数名の看護師が疲れた様相で出てくるのが見えた。

「あぁ、イグナツ！　さっきまであんなに元気やったのに」

「脚にあった血の塊が、肺に飛んだばい」

看護師たちは訛《なま》りの強いハンガリー語で呟いて歩いていった。そうして、しばらくしてからゾルタンも出てきた。

「移民の連中はいつもそうだ」

ゾルタンは廊下に出たところで立ち止まって振り返った。そして、大きな舌打ちを一つする。

「訳のわからない理由ばかりつけて約束を守らない。あれほど、血が固まらないように歩けといったのに」

ドイツ語混じりの雑言を吐いて廊下の奥へと去っていった。ドア越しに遺体の放つ完全な静けさが染みてきて、顔に上がっていた熱も収まりをみせた。

真っ白な他人の手が腕先にぶら下がって、荒い呼吸に合わせて静かに揺れていた。

ドアを閉じてベッドに座りこんでも、左手だけがいまだ温かかった。

テオドルに左手を見せに行かなくては、なぜかそう思いたった。その理由を考えだすと、頭がジジジと痺れてきて、何も考えられなくなった。


頭の痺れは次の朝もあった。数日続いたところで、いくつかの検査を受けた。どの検査でも異常は見つからず、数週間経ったある朝に突如消えた。すると、途端に窓からはさまざまな音がはっきりと聞こえてきた。

窓の下にある二階建ての駐車場からは、キュッキュッとタイヤゴムがアスファルトに擦れる音。駐車場はスペースが狭く、柱も絶妙に駐車を邪魔する位置にあって、そのため何度も切り返してようやく駐車に至る音もある。遠くから甲高く響いてくる笛の音は青空マーケットからだった。

額に汗をかいていた。手で拭うと、細かな汗粒が指にまとわりついた。その瞬間、寒気がした。何気なく動かした左手の、指に生える毛が額を触ったからだった。

目の前に左手を持ってきた。ふさふさと生えた金髪の指毛。その先にある台形をした不格好な爪。この左手の前の持ち主は、この手で何を触って、何を摑んできたのだろうか。そんなことを考えはじめると気持ちが悪くなって、頭を振って想像を振り落とした。

ベッドから起きて洗面所へと歩いていった。両手を水で濡らして石鹸を泡立てる。そして、左手の人差し指の背にT字カミソリを当てた。もうこの手は自分のものだからと一気に指毛を剃り落とした。

順番に指毛を剃り落としていって、甲の毛を剃りはじめた時だった。

「アサト〜」

雨桐の声がする。

「入ってて」

洗面所から声を返すと、雨桐のスタスタという足音が聞こえる。

「ごめんねぇ。今日からリハビリ患者が増えて、時間早まったんよぉ」

つい二週間ほど前、手が千切れた患者が運びこまれてきたとのことだった。ゾルタンによって再接合されたその患者の手のリハビリが今日から始まるらしかった。雨桐はトートバッグから新しいテキストを取りだして、ベッドの上に開いた。

「まずはグーッと」

雨桐は自分の右手をグーッと握った。それに倣《なら》って、左手をゆっくりと握っていく。日に日に指は少しずつ動く幅を広げていって、今では指は途中まで曲がるようになった。

「はい、休憩」

雨桐は大きく息を吸った。手の力を抜くと、胸に空気が入ってくる。半分ほど握っていた左手も息を吸うように大きく広がった。感覚もまた取り戻しつつあった。数日前から、雨桐の涼しい鼻息が指に吹きかかっているのがわかるようになった。

「親指と人差し指で輪っか」

雨桐はオーケーサインを作った。左手も真似てオーケーサインを作る。

「今度は親指と中指で輪っかー」

左手の中指はプルプルと震えながら、なんとか輪を作る。

「はい、今度は薬指で」

薬指はどうしても親指にくっつかない。アルファベットのCを通り越して、視力検査のランドルト環までは至っているが、残り五ミリの隙間が埋まらない。どれだけ力をこめても、甲に血管が浮き上がるばかりで次第に指も震えだす。

曲がった親指の根本は力強く盛り上がって、生命線の内側に沿って数本の皺が半楕円を描くように入ると、芋虫みたいに見えた。薬指は曲がったまま震えていて、筋自体が突っ張りこれ以上は曲がりそうにない。

苛立ちがこみ上げて、胸が熱くなってくる。頭にまで熱が上がってくるようで、とうとう我慢できなくなって、

「あぁ、だめだ」

熱い息を抜く。

「順調、順調」

雨桐は嬉しそうに左手を見つめる。

より動かせるようになると、違和感も大きくなってくる。指を動かす前腕の感覚は同じだが、手の感覚は違った。手術によって繋がれて、前腕から指の先までは一つの筋肉になったはずだが、確かに繋ぎ目で感覚が切り替わっている。

薬指や小指はこちらの言う通りに動くが、切り替わり部分で途端に弱くなり不十分に感じた。逆に親指などはこちらの求める以上の強さで動き、その無神経さに前腕が振り回された。馬車に乗った御者が手綱と鞭を駆使しているにもかかわらず、未教育で奔放な馬が馬車を引っ張り回しているようだった。

「最後にほぐして、おしまい」

雨桐が両手で指を揉みはじめると、指はそれに反応して、クイッ、クイッと勝手に動きはじめる。すると、前腕がその動きを受け止めるようにフラッ、フラッと振られた。雨桐は顔を俯かせ、左手に撫でかけ、その反応を確認して微笑んでいる。まるで情事を目の前で見せつけられているようだった。

昼に食べたインドカレーの匂いが口の中にたちこめて、そっと顔を突き上げ窓の隙間に向けて、ふーっとゲップを抜いた。

午後のリハビリ以外にやることもなく、暇な入院生活が続いた。一か月経った頃には、上腕から手までを支えていた副子と包帯は外された。

「痛みはどうだい？」

「どこも」

リハビリは順調なこともあって固定はより身軽なものになった。

「少し大きいじゃないか。小さいやつをくれ」

ゾルタンは一回り小さい装具を左手全体に当てる。

「よし、これでいいだろう」

卓球のラケットのような板に掌は押しつけられ、すべての指は接木されたように伸ばされた状態で固定された。それは神経が太く通いだした今の時期、指が勝手に曲がって縮みきってしまわないようにするためのもので、リハビリ時を除いて常に着けておかなければならなかった。

固定されるや、自分の右手を見て、それからゾルタンの両手、ドルカの両手を盗み見る。そして、指がわずかに曲がった状態が手の自然なポジションなのだと確認した。というのも、左手におかしな衝動を感じていたからだった。

左手の指は自然と曲がろうとするが、前に板が立ちはだかって伸びたままでいる。次第にウズウズとした衝動が掌の前面の空間に生まれた。それは摑もうとする手の生まれながらの欲求だった。それをこの板に阻まれ続けて苛立ちが左手全体に募ると、耐えきれずに癇癪《かんしゃく》を起こした。

左手全体が跳ねるように板をグイグイと勝手に掻きだし、手を縛る固定がギッ、ギッと軋む。その衝動に前腕も引きずられて、グラッグラッと前後に振られる。固定を押しのけて指先がわずかに曲がるとそれを味わうように固まる。しばらくすると掌の苛立ちは消え、手は満足したように定位置に戻った。

その挙動の全てを見守っていたゾルタンは、

「手を屈服させるんだ」

自分の拳を強く握りしめてみせた。

「いいかい、神経学的に我々は絶対的な立場にある。運動神経は遠心性といってね、神経電気の流れは中心から末端に流れているのさ。つまり、手は前腕に従うようにできているのだ。手の抵抗など、所詮は今の反射が精いっぱいで、稚拙でひ弱なものなのさ」

しかし、左手には衝動が募り続け、今にも発作が起こりそうだった。

「ドクトル、感覚は、」

「感覚神経は求心性だ。だから、手が触れた感覚は一方的に脳へと送られる。それは向こうに分がある。拒否はできない。しかし、どんな感覚が送られてこようが、流されてはいけない。動かすのはこっちだ」

左手が再びグッグッと跳ねる。

「アサト、いいか。決して同調も同情もするんじゃない」

ゾルタンの目つきは厳しいものになる。

「いつか、言ったろう。手に負けるのだけは駄目だと。前腕の筋肉で押さえつけるんだ。いいかい。指というのはおよそ手の筋肉で曲がっているんじゃあないのだよ。ほとんど前腕の筋肉の作用で、手は閉じるのだ」

ゾルタンは掌を広げてから、ゆっくりと握っていった。手首から腱の影が前腕へと降りていくのがたしかに見えた。

「これからのリハビリは腕で手を屈服させる訓練だと思いたまえ」

握りしめた拳の下で前腕の筋が盛り上がっている部分を指さしてゾルタンは声を荒らげた。一演説を終えたような満足感に充ちた面持ちで息を整えると、

「君は少々繊細というか、これはヤパァナの性質なのかな。何につけてもはっきりせず曖昧にしがちなところがあるからね」

ゾルタンは途端に優しく微笑んで、リハビリ以外でも意識的な訓練を怠らないようにと最後に付け加えて病室から出て行った。

そう言われたところで、眠気がさしこむ午後や差し入れを味わっている瞬間などは

どうしても気が弛んでしまい、そんな時に発作が起こると、ただ前腕で受け止めるしかなかった。そういった時には手の中の苛立った感情的なエネルギーが前腕を強く振っているのがわかり、思いがけず胸が熱くなり、頰に幼児のように甘い興奮が差しこんできたりした。

固定が身軽になってから、リハビリは病室の外で行われるようになった。渡り廊下を通って本館から別館に進むと、採光の良いリハビリフロアが広がっている。その奥には個室が幾つかあり、雨桐が待っていたのは窓のない、ややもすると息苦しさもある部屋だった。

「さ、握って抵抗して」

雨桐の声に合わせて、左手はプラスチックバトンを握りしめる。握るという行為は、ただ単に手を閉じる行為と似た動作であっても全く違っていた。握りしめると体内のどこかも同時に引き締まるのだ。

「もっと強く、もっと強く、もっと強く」

前腕の中で筋がぎりぎりと絞られる。息も深くに落ちて腹の底を絞っていく。限界になり、バトンを握りしめていた手を開いた。同時に体も勝手に開いて大きく息を吸いあげる。

ふわっとローズティーの香りがした。雨桐のマスクの端から舞いでたものだった。

院内に消毒以外の匂いがあることを思い出したのはつい最近のことだった。握れるようになると、加速度的に記憶の欠落部位が回復しつつあって、同時に嗅覚や聴覚も鋭くなってきた。そういった感覚も実は記憶と共に欠落していたようだった。

エンマからは糖尿病っぽい甘酸っぱい体臭、ボトンドからは香水と腋臭《わきが》の混じった匂いをすでに嗅ぎとっていた。声に対してもそうで、雨桐の声は時々ハンナのものに似ることに気づいた。彼女が中国語混じりのフィンランド語で愚痴を早口でもらす時だけ、ハンナのウクライナ語そっくりに響いた。

「もう十分じゃない。これは卒業ね」

雨桐がさらに細いバトンを探しはじめた隙に、アサトは左手を鼻に近づけた。掌からはシンナーのような臭いがする。唾を飲みこんでから手を裏返した。手の甲にわっさりと生えはじめた体毛、その生え際に恐る恐る鼻を寄せる。疲れきった人間の脂の臭いがした。

「もう少ししっかり。途端に弱くなったじゃない」

細いバトンに替わると、抜けないように握るも力が籠りきらない。

「ほら、1《エッジ》、2《ケッテー》、3《ハーロム》。1《エッジ》、2《ケッテー》、3《ハーロム》」

細いバトンは、スルッ、スルッと段階的に抜けていく。力が籠りづらくなったのは、手の臭いを嗅いだせいでもある気がした。

「まだ深くは握れないな」

「少しは抵抗あるわ」

それでも雨桐は細い目を吊り上げ満足気な表情をする。雨桐が立ち上がった瞬間、ローズティーの香りが鼻腔の底で微かに匂った。

病室への帰り道、左の掌は再び伸ばされた状態で固定され、ぐったりとして腕の先にぶら下がっている。固定が掌だけになり、手の重みが手首にのしかかる。まるで首吊りしたように、重みに負けて手はぐんにゃりと手首で折れてしまう。そのせいで、歩いている時も立ち止まっている時も常に左手を運んでいるという感覚があった。

病室に戻ってベッドに座ると、左手につられるように体を怠く感じた。昼飯を手早く済まし、午後のリハビリ前に一眠りすることにした。カーテンを閉めると、外の陽光が遮られて、隙間から漏れる光が揺れて殺風景な室内は柔らかくなった。ハンナから電話があったような気がして携帯を取ったが、着信はなかった。連絡がとれなくなってそれなりの日数が経っていた。手が動くようになったことも伝えられずにいたが、漠然とした安心感があった。

まどろみはじめた頃、生暖かいものを感じた。右手で触れても、左手と左腕は同温で違いはない。しかし、生暖かさは左手から消えない。それは他人の体温で温められた肌着のような、人肌の不快感だった。この手はおさがり。眠気の中で妙に納得して、大きな息が胸からこぼれていった。

握力が出はじめると固定は完全に取れ、左手は右手となんらかわらない状況になった。退院の許可はまだ下りなかったが、キーボードを打ちこむことはリハビリにもなるだろうからと、ゾルタンは午前の間だけ事務局への復帰を許した。

事務のデスクは手術当日から手つかずのまま放置されていたようで、PHSの充電器、USB、最後に置いた付箋の塊も同じ位置にある。埃が溜まっていることと、隣のボトンドのデスクから書類やビニル袋がこちらに大きくはみ出していること以外はまったく何も変わっていなかった。段ボール箱を一つ持ちこみ、机の上を整理して溜まっていた書類を分別するだけで午前いっぱいが過ぎた。

デスクの鍵付きの引き出しを開けると、膨らみのある封筒もそのままになっていた。封筒にはハンナとテオドルの名前が連なって書かれており、おそらくどちらかが送ってきたのだろう。中には時計が入っている。ところどころにキリル文字が刻まれており、ウクライナ製の時計で間違いなさそうだった。

左手を切断してから、左腕からするすると抜けてしまうため腕時計をしなくなったのを覚えていて、送ってきてくれたのだろうか。

手を失くして、それが誤診による無意味な切断だとわかってから、どうにも気持ちを切り替えることができない時期があった。そして、義手をつけても技師として働けないとわかった日にとうとう捨て鉢になって、持っていた日本製の腕時計を質屋に売り払ったのだ。

しかし、彼女にそのことを話しただろうか。いつからか、気がつけばデスクの中にあって、これがどういったものか何もわからない。

「アサト、ドクトルが来てるよ」

ローベルト事務局長の声で席を立つと、ゾルタンがちょうどデスクへ回りこんできた。

「前から言っていた、義父に会いに行きたいという件だ。この週末ウクライナへ行ってくるといい。外泊届はこちらで書いておく」

そう言うと、ゾルタンは回れ右をして、事務局から出て行った。

6

病院の裏手は午前だとまだ暗かった。一台の車が遠くの角を曲がると、徐行のスピードで近づいてくる。ライトが二回点滅して、それがネストールの運転する車だとわかった。

左手を移植して取り戻しはじめたのは記憶や感覚だけではなかった。リハビリがてらにゲームを始めると、疎遠になっていたネストールとの交流も復活した。

週末にキーウの義父を訪ねる話も、ゲームの通信対戦中にチャットで打ち明けた。すると、すぐにネストールから『じゃあ、車を借りて一緒に行こ。ちょうど、実家に帰ろうと思ってたところ』と返ってきたのだった。

ネストールがレンタルしてきたのは赤のマジャルスズキ（日本でいうところのフィアット）だった。後部座席に二泊三日分の下着と免疫抑制剤の錠剤が入ったバッグを積みこんで、助手席に乗りこんだ。

数年前からハンガリー大学のシステム工学部に在学しているネストールは最近免許を取ったばかりだった。少し緊張した面持ちだったが、運転は彼の人柄を反映した平和なものだった。ウクライナへと続く高速道路Ｅ５７３に入ると、車は穏やかにスピードを上げていった。

出発して数時間でウクライナの国境検問所に辿りついた。

「かわるよ。運転」

「あぁ、そう。もう、いいん？」

「たぶんね」

「無理しないで」

「わかってる」

検問で停車して席を替わった。ネストールは助手席に着くと、

「ラジオ、ウクライナ放送に替えていい？」

ラジオのチューナーに手を伸ばす。

「どうぞ」

ラジオからエネルギッシュなウクライナ語が聞こえてくる。

「ウクライナ語で話してもいい？」

「いいけど、ゆっくりで頼むわ」

左手を繋いでからウクライナに来ていなかったせいで、ラジオはうまく聞きとれない。

「あのさ、だいぶ前、おれはクリミアとられたの、そこまで怒ってないし、悲しんでないって言ったの覚えてる？」

「あぁ、とられた直後だったっけ」

「そう。おれ、5歳くらいでクリミアからキーウに引っ越したからさ、あの時はもうクリミアにいなくて、テレビで見てただけやからそこまで実感なくて。友達の何人かがキーウに引っ越して来た時に、あぁ、そうかって思ったくらいで。

でも、一か月前にモスクワ大学に論文の発表に行った時な。その晩、モスクワ市内のホテルでテレビつけたら、たまたまクリミアの特集やってて。

ロシアから車で大きな橋を渡っていくとこから始まって、しばらく橋を進んでいっ

たら、ほんとにクリミアのケルチに繋がってた。前にケルチからロシアは見えたけど、あんな橋かかってなくて、ロシアと繋がってなかった。

でも、今はロシアから車で行ける。それで、インフラとかも整備されて、ホテルとか新しい施設もいっぱい建ってて。ここまで発展しています、ってロシア人キャスターが自分の国みたいに言ってた。クリミアがロシアに開発されてるのを見てさ、あぁ、ほんまにロシアのものになってんなって、急に実感湧いてきて無性に悲しかったなぁ。

今までロシアに対して怒りとかなかったけど。だって、クリミアって何十年か前はソ連のものやったからさ。だから、ロシア人とかさ、クリミアに住んでたロシア系の住民はさ、この数十年の間、ずっと、おれらのものやのにって心の底で思ってたんやろうなって。だから併合された時、あいつらほんまに嬉しそうにしてたから。だから、お互いさまなんかなっていうのがあって、腹立ったりとかなかった。

でもな、VTRで、ほらクリミアのさ、テオドルの家から五分くらいのところの駅前通りにある、エレーナのお母さんがやってたカフェあったの覚えてる？　おれも、クリミアに遊びに行った時、いつもそこでゲームとか勉強しててさ、よくオレンジジュースとかサービスしてもらってた。

そこがな、テレビの取材受けてて。そのカフェ、まったく同じ店構えのまんまで、なんなら、ソファも、テレビもそのまま。けど、まったく違う人がコーヒーだしてた。

店とか、コーヒーとか、自慢げに紹介してた。その瞬間、あれ、おれらのもんやぞって、ものすごい怒りがこみあげてきて。あんなに憎んだことないってくらい全身がぶわーってなって、気がついたらテレビ、ぶん殴ってた」

そこから、ネストールは目を閉じて黙ってしまった。それでも彼の怒りは伝わってきて、つられて握りしめたハンドルはちょうどリハビリ用のバトンと同じ太さだった。手から絞りだされるようにハンナが浮かんできて、アクセルをゆっくりと右足で押しこんでいった。それは何年も前の、クリミアを脱出する時の怒りを隠せないハンナの横顔だった。

二十年以上ウクライナの領土だったクリミアでロシアの動きが活発になって、そのあたりからハンナの情緒は不安定になった。

たしかにクリミアには親露系住民が多く住んではいたものの、住民間の諍《いさか》いは聞いたことがなかった。クリミアを初めて訪れ、ハンナに各地を案内された時も、軍港都市であるセバストポリなどは明らかにロシアの空気が漂っていて、租借地の雰囲気はあったが、それ以外の都市ではロシア語が使われていてもウクライナ語も一方で飛び交い、ウクライナ本土と変わらぬ雰囲気を醸しだしていた。ハンナもロシア語を話せたから、時にウクライナ語を話すようにロシア語で交流をしていた。

しかし、二〇一四年の二月に首都キーウでマイダン革命が起こると、クリミアの雰囲気もガラッと変わってしまった。短い休暇を取ってクリミアを訪れていた時期にちょうど革命が起こり、ハンナとともに家で固唾《かたず》を呑んでテレビ画面を見守っていた。親露派の大統領が失脚して親欧米派がウクライナのトップになるや、その翌日には自宅の前の通りからして空気が一変していた。

道路上のあちらこちらに三角錐のコンクリートブロックが設置されて、その乱立するブロックの鋭い先端だけで街の穏やかな雰囲気は不穏なものに様変わりした。戦車の侵入を防ぐため速やかに設置されたそれを右へ左へかわしながら車を走らせるだけでも、次の瞬間ロシア軍が侵入してくるのではと気疲れした。

クリミアのどの都市に出かけても不穏な風景は続いた。記章をつけていない「自警団」を自称する部隊をいたるところで見かけた。銃器を持った迷彩服の彼らはロシア軍に違いなく、しかし、そういった軍人たちに嬉しそうに話しかけて、労《ねぎら》いの言葉をかける住民たちもいて、その時になってようやくクリミアには二種類の住民がいることを実感できたのだった。

クリミアの状況がそういった風に激変していくと、ハンナはヒステリックになっていき、最後には笑っている時でさえ眉間に皺がはいっていた。

そんな時、唯一手のないこの左腕が彼女の気持ちを紛らわせていた。左手を落としてから、彼女はことあるごとに閉じられた腕の断面を触ったり、何も無い腕先の空間に自分の手を通過させたりした。彼女の家でテレビ画面越しに革命を見守っている時も、クリミアの市街地を車で移動する時も、ハンナは腕の断面を触りながら気を落ち着かせていたのだ。

クリミアの今後は門外漢の自分にさえ本能的に不穏なものに感じられた。休暇が終わりデブレツェンへと一人帰る際などは、クリミアの駅舎で列車を待っている時、ふと、もう一度ここへ来られるだろうかと感じた。

その直感は残念にも当たり、デブレツェンに帰ってから三週間後にはクリミアはロシアに一方的に併合されてしまった。中央の政変が起こった二月からわずか一か月後のことで、今度はハンナを迎えにクリミアに向かうこととなった。

家に迎えに行き、そこから駅に向かう間も、そして、脱出する人でごった返す駅から列車に乗りこんで座席に座りこんでも、ハンナは一言も話さなかった。気持ちの整理がついてないからだと思っていたが、乗客の誰もが黙りこんでいるところ、どうやら新しい国境を列車が越えるまではうかつに発言できないということが、彼女を沈黙させる理由の一つのようだった。

列車が出発するとハンナは途端に左腕の断面を両手で包んできた。列車が線路の継ぎ目を通るたびに、車体を揺らす音を響かせ、二人の静寂を自然なものにした。ハンナは片手で断面を撫でながら、列車内に持ちこんだカフェラテを時おり啜った。そうしているうちに幻の左手に痺れがきた。

それをハンナに告げると、

「脳って単純やなぁ」

嬉しそうに腕の先の空間に手をひらひらとさせてから、カフェラテを窓際においた。そして、肩にかけたバッグから手鏡を取りだした。

「これが右手って頭でわかってるんやろ」

頷いて手鏡の前で右手を動かす。

「もちろん、わかってる。けど、これで痺れがとれるんだ」

「わかってるのに騙されるなんて」

ハンナはバッグの奥から日本のパンフレットを引っ張りだす。駅舎で待っている時に、ハンナがどこからかもらってきたものだった。

「なぁ、次のバカンス、日本に行こ」

車窓から過ぎゆくクリミアの風景を眺めている間にハンナの瞼の縁に溜まったものも、日本のパンフレットをめくっていくうちに乾いていく。国境をまだ越えていない状況で、日本は気を紛らわすにはよい話題だった。

「シンカンセンに乗りたいわ」

「かまわないけど、この前に乗ったろう」

「前はトウキョウからハカタやろ。今度はハコダテまで行きたいわ。もうすぐ開通するんちゃうかった？」

「たしか、あと一、二年で開通するはず。函館には叔父が住んでいるけど、小さな街だよ」

ハンナは右の踵《かかと》を上げては降ろし、その度に靴の踵が列車の鉄床を打つ。話しながらも、ハンナの半身は違う場所にあった。

「何もなくていいねん。長く乗ってたいねん。日本は大きな国やわ。ハカタには新幹線で四時間以上かかったし。ヨーロッパなんてユーロスターに四時間乗ったら三か国は跨ぐで。ロンドンから、リール、ブリュッセル、アムステルダム。あぁ、四つか。列車がな、国境を越えるたび、空気がふっとかわるねんで。外気じゃなくて、ユーロスターの中の空気がやで」

ハンナの高い稜線を持った鼻から荒い息が漏れる。

「新幹線にはそういう楽しみはないな」

「鉄道だけちゃうよ。山脈も河も国を横切るんやで」

ハンナは嬉しそうにドナウ河が十か国以上を流れることを説明する。ヨーロッパにきてだいぶ経つというのに、鉄道や道路、あるいは山や河が国境を跨ぐ、それは島国育ちの自分にはいつまで経っても不思議なことだった。

ハンナは大陸のそういったことを話し終えると、

「いいなぁ、島国。大きな列島、どこまで行っても自分の領土」

今度は一転して羨ましそうな顔をする。

「自分だけの山、自分だけの河。陸から他の国は見えるん？」

「対馬から韓国が見えるんじゃないかな。でも、本州からはどこも見えないはず」

「いいなぁ。自分だけの海。世界に自分の国しかないみたい」

そう言われると、たしかにそうかもしれなかった。生活の中で外国が直に迫ってくるのを感じたことはなかった。他の国はいつも海やパソコン画面の向こう側にあった。

「もうじき、黒海もロシアのものになるわ」

ハンナは頭を俯かせると、携帯のストラップを触りはじめる。

「なぁ、日本って、お骨を持ち歩く習慣あんの？」

ハンナは踵で鉄床をカツカツと叩きながら訊いてくる。

「そんな話、きいたことないなぁ」

ハンナは携帯ストラップを指で弾きだす。

「おかしいわぁ。自分の骨を持ち歩くとか」

「ちょうど、穴が空いてたから」

「もうとりぃや、これ」

ハンナは眉をひそめて、もう一度ストラップを弾いた。紐に通した舟状骨がコッツンと跳ねる。

突如つんと鼻先を弾くような臭いがした。車内にむんわりと蒸れた空気と共に異臭が立ちこめはじめる。車窓の先には浅い干潟が広がっていた。列車のあちこちで窓を閉める音がした。異臭は列車がクリミア半島とウクライナ本土の繋ぎ目、ペレコープ地峡にさしかかったことを意味していた。

そして、ロシアの設定した国境が近づいていることも意味していた。新しくできた国境に近づくにつれ、軍人らが乗ったジープがちらほらと線路わきに止まりだしていた。列車は彼らを刺激しないように、徐行に近いスピードで狭くなっていく地峡を進んでいく。

「すごい臭い」

「陽に当たると、臭ってくんねん。夏はもっと臭うねんで」

腐海の塩と泥が混じった異臭が地峡を包んでいた。ハンナは愛おしそうに吸いこみ、味わうように胸を膨らませてから、わずかに開いていた車窓を降ろした。

新しい国境に近づくにつれてハンナは黙りこんでいって、かわりに腕の断面を指でいじりだす。

「カワイソウナ、テ」

とたどたどしい日本語で呟いた。

「イミモナク、キラレテ。カワイソウナ、ウデ、イミモナクノコサレテ。フタツハ、ツナガッテイタモノナノニ……」

それは誰かの詩の引用のようだった。彼女は時々、有名な詩をハンガリー語や日本語に訳して遊んだりしていた。

ハンナは指に力を籠めはじめる。指の腹からは温かい感触がして、縫合部に爪を立てるとマニキュアの冷たい感触が伝わってくる。薄茶色の指で左腕に埋まっている二本の骨の断端を皮膚越しにぐねぐねと減《め》りこませて探り、ちょうど骨の間に人差し指を嵌《はめ》ると俯いて目を瞑った。

どの鉄橋の前にもつい先日まではいなかった、軍服を着こんだ国境警備隊が両側に立っていた。列車が悲鳴のような金属音を立ててクリミア最後の鉄橋を渡りはじめていた。

車窓の前方には国境線前の道路が見え、そこに車と歩行者がごった返している。水滴が落ちるような僅かな人数ずつ、人が国境を越えていく。その先に、ごった返す半島と打ってかわって、壁のような大陸が静かに待ち構えていた。

列車がスピードを落としゆっくりと止まると、その隣にジープが乗りつける。そこから国境警備隊と出国検査員が車内に雪崩《なだ》れこんできて、検査員がめぼしい人物を見つけると、迷彩服を着た警備隊が両脇を抱えて、彼らを列車から降ろしていった。そうやって車内の一通りの検査が終わり、列車から彼らが去っていくと、車内のいたる所から安堵の息が漏れた。

そうして、ハンナはようやくいつものように口を大きく開いて、ウクライナ語で話しはじめた。

「あぁ、オレクサンドルから連絡が返ってこない！」

ハンナは携帯を握りしめると、叔父オレクサンドルから預かったボストンバッグを抱えてうずくまった。

「時間に遅れただけさ。次の列車に乗ってるのかもしれない」

たどたどしいウクライナ語で返しながらも、この情勢に詳しくない自分でさえ、そうでない可能性を感じとっていた。

今朝からはクリミアのいたる所で、親しみのあるウクライナの二色旗が猛烈な勢いでロシアの三色旗に飲みこまれていった。軍港に停泊する軍艦に掲げられていたウクライナ軍旗もロシア軍旗に替わっており、ウクライナ海軍がそのままロシア海軍に接収されたことがわかった。

「スパイの容疑で捕まえられたんや」

「おじさんなら大丈夫さ。二つのあいだをとりもっていただけなんだから。捕まってもすぐに釈放されるさ」

今まで同じように生活していた住民の反応は真っ二つに割れた。今まで街角の店先でハンナに片言のウクライナ語で煙草を売っていた男は、今朝にはロシア国歌を歌いながら三色旗を振り、軍用車両に乗りこんできた軍人たちに煙草を投げて配っていた。嬉々として煙草を投げては、目に入った二色旗に縄をかけて引きずり下ろす彼、その横をハンナと俯きながら通り過ぎていった。

道路では、助手席や後部座席の窓枠に腰をかけて上半身を外に出し、ロシア国歌を歌いながらロシア国旗を振る若者たちの車が溢れる中、同じレーンを車の屋根にスーツケースを縛って、ウクライナ本土に出ていく車が走っていた。

駅舎においても銃を携えた軍人らが闊歩《かっぽ》しては検閲しており、明らかに場違いなこの東洋人などは、妻がウクライナ人ゆえに発行してもらえた特別許可証がなければ半島に迎えに入ることもできなかった。

「連絡が取れへんし。自分はイスラム教徒やから大丈夫やって、タカをくくってたんかもしれん。肩にオオカミのタトゥーがあるから見逃してくれるやろって。チェチェン人には、オオカミは神聖な動物やから。あぁ、どっちにしろ、クリミアはもう駄目になるわ」

「落ち着くまでハンガリーにおいで」

「落ち着くまで？　何もわかってへん。クリミアは、外国になったんよ。もう、あそこには違う人たちが住んでる。わたしの家にもまったく違う人たちが住みはじめるんよ」

物心つくまえにウクライナがソ連から独立したこともあって、ハンナはウクライナのものであるクリミアしか知らなかった。

「もう永久に還ってこうへん。この鉄道路線も廃線になる。この国境にもいずれ鉄柵が建つわ」

ハンナは左腕の断面に爪を立ててきて、縫い目をこじ開けようと力をかける。

「ハンガリーじゃあ、父の保険はきかへんし、ずっとはいられへん」

「医療費なら、僕が払うから。もうすぐ、病院から賠償金がおりる、それを充てればいけるさ」

「でも、ハンガリーはごめんよ。わたし、小さい国は嫌よ。ハンガリーはずいぶん小さいわ。他のヨーロッパの国もそう。あぁ、クリミアにずっと居たかった。ロシア国籍になっても、離れるべきじゃなかった」

アサトは黙って手鏡の中の手を見つめながら、右手の開閉を続けた。

「キーウにでもいるしかないわ」

痺れが徐々に抜けていく感触があった。ハンナは一瞬右手を握ってこようとしたが、そのまま左腕の、その先の何もない空間に手を伸ばした。

「ねぇ、今もここにある？」

目を細めて意識を集中すると、やはりそこには指を曲げた左手があった。

「うん。そこ」

ハンナは指をくすぐるように動かす。

「あるけど、触れないよ」

「でも、感じるんやね」

「自分で動かすことができれば、痛みはとれるって」

「ない手を？」

「できる人もいて、そういう人は痛くならないらしい」

ハンナは何もない空間に何度も手をひらひらと往復させる。

「ないのに、感じる」

ハンナはその言葉を反芻《はんすう》しながら自分の手を開閉させる。肉づいた拳は餅のように丸くなり、そして、蕾《つぼみ》のようにふわりと開く。

ふとハンナは瞳をぼんやりとさせて、掌で左腕の先の、何もない空間を撫ではじめる。まるで幻の左手が見えているかのように左手の甲を撫でてくる。

「あぁ……、そうね」

曲がっている無色透明の指に、ハンナは徐々に自分の茶色い指先を沿わせていった。

「手って、なくならへんのよ、きっと」

爪先まで行くと、今度は掌へと折り返して、最後には透明の左手を強く握りしめた。

「あぁ、ハンナ」

その瞬間、胸が砕かれるような衝撃を感じた。ようやく、国境の感覚が理解できたような気がした。それでも、その向こう側にハンナが行ってしまわないように、右手でハンナの手を捕まえようとした。

しかし、ハンナの手はそれをするりとかわして車窓へ行ってしまう。クリミアに引っ張られるように、ハンナは顔を窓に近づけて半島を振り返った。

窓枠に置いた手は血が溜まったかのように赤黒い色をしていて、爪の透明のマニキュアが地峡に射す光を薄く反射していた。

「ニー！」

ハンナは窓を開けて身を乗りだし、離れていく半島を抱きしめようと両腕を広げた。すると、その声に反応するように、うなだれていた乗客たちも声をあげて咽《むせ》びはじめるのだった。

熱い息が胸のひび割れから漏れていった。右手を胸にあてがうと、少しずつ息が胸に溜まっていく感触があった。こうして人は胸を手で押さえるのだと思った。

車窓から半島はすでに遥か遠く、離島のように小さくなって離れていく。新しい国境から列車と車と人が途切れることなく抜けていく。重たげな足取りで時々振り向くそのジグザグな線は鎖のようだった。本土の生活に慣れたとしても、やはり彼らは体にクリミアを感じたままなのだ。

その景色をハンナの隣で眺めているうち、左手に強い痺れがきて手鏡を覗きこんだ。左腕の断面にはハンナの爪痕が縫い目を横切って残っていた。

右手を開閉すると、痺れと共に爪痕もまた跡かたなく消えていった。その時、普段から煩わしいと思っていた手の痺れがとても愛おしいものに思えた。

クリミア脱出を懐かしく思い出しているうちに、ネストールは助手席で眠りこんでいた。あの時のハンナと似たような表情で、静かに怒っているようにも見えた。

自分は何もわかってなかった。ハンナの言った通りだったとアサトはハンドルを右手で軽く叩いた。クリミア半島とウクライナの間には鉄柵ができ、あの鉄道も道路もそこで切断された。かわりに半島とロシアの間にクリミア大橋ができて、クリミアはロシアと繋がった。ウクライナからクリミアに行くには陸続きであるにもかかわらず、ロシアのビザを取って空路でモスクワを経由しなければならなかった。クリミアはもう別のクリミアになった。

あの時の自分に呆れるように息を吐いて、車窓から流れる景色を見た。国境を越えてウクライナに入って一時間経っても、景色ががらりと変わることはなかった。ただ、ラジオがハンガリー語からウクライナ語に、標識の文字がローマ字からキリル文字に変わっただけで、車内の空気が変わったようには感じなかった。

「ザカルパッチャ」という標識を見て、ここがゾルタンの言っていた、ウクライナから取り返したい土地かと窓を開けてみた。それでも、ハンガリーと匂いも何も変わったように感じなかった。しかし、ゾルタンやネストールならその違いがわかるのかもしれない。あるいは、ハンナなら。

クリミアを脱出したハンナはその後、父と首都キーウで生活を始めた。かつて知人が住んでいたキーウ市内の家に移り住んで、そこから一か月後に彼女は活動を再開した。ジャーナリスト兼看護師として、ウクライナ東部に足繁く通いはじめたのだ。

クリミアを併合した後もロシアの活動は収まらなかった。ウクライナ東部のドンバス地方では分離派が公的施設を占拠するなど、ロシアの思惑があちらこちらに見受けられた。すでにウクライナ軍との衝突が始まっていて、死者も多数でていた。彼女は抗生物質などの医療資源を運びながら、そういった現状を写真に収めているようだった。デブレツェンからキーウを訪れるたびに、ハンナはそういった写真を見せてはウクライナの今後を憂えていた。

紛争で揺れるウクライナと違って、国境を跨いだだけでデブレツェンの生活は平和そのものだった。ただ、幻の手の感覚はある時に劇的な変化を迎えた。

ハンナがドンバスで活動を始めて数年経ったある時期、急に連絡が取れなくなった期間があった。

連絡が途絶えて十日ほど経ったある日、普段滅多にかかってくることのない義父のテオドルからの電話を受け、キーウ中央駅近くの病院へと呼びだされた。

電話口でテオドルのウクライナ語を聞いているうちに、早口の異国語は途中からまるで呪文のように聞こえてきて、ぼんやりと頭が霞んできたのを覚えている。

国際鉄道に乗ってキーウに向かう道すがらも何かお伽噺《とぎばなし》の中に迷いこんでいるような、視界が白い縁取りに囲まれているようで、それを映画のように傍観している心地だった。いつもは硬い座席から腹に突きあげてくる列車の振動も天井あたりから響いてきた。

病院の待合でテオドルと落ち合うと、彼はいつにもまして聞き取りにくいウクライナ語でまくし立てながら地下へと降りていく。彼は泣きながら怒っていた。そして、病院の安置所の壁から引き出された棺の横で立ち止まると、千切れた遺体を指差して何を思ったのかハンナだと紹介したのだ。

テオドルが軽度の認知症に罹っていたことは知っていたが、実の娘を間違うほど悪化しているとは思っていなかったため、ただ戸惑うしかなかった。

病院の看護師が言うには、その遺体の人物はドンバス地方で起こっている軍事衝突を支援するため、ウクライナ軍の東部戦線に医薬品や爆薬を運ぶ「隠れ民兵」だったらしい。しかし、その途中で敵方に包囲されてしまい、その際、彼女は辱めを受けるより死を選んで、チェコ産のセムテックスというプラスチック爆弾を腹に忍ばせて投降し、そして、歯に仕込んだ起爆装置を嚙んで相手を巻き添えにして吹っ飛んだらしい。

腹に爆弾を巻いただけではなく、胃の中にも仕込んでいたのかもしれない。遺体の腹部は丸ごと欠損していて体が上下に分かれてしまっている。惨めにも顔は誰かわからないほど焦げていた。ただ不思議なことに、掌や脛《すね》などはまったく綺麗で焦げるどころか土埃すらついていなかった。

惹《ひ》かれるように腹部のその何もない空間を眺めた。まるで穴に腹だけ落としたようにぽっかりと綺麗になくなっていた。見つめていると、その女が自爆を選んだのは高潔さからではなく、苛烈な怒りを腹に抱えていたからではないか。そんな考えが浮かんできた。

その腹は今や跡かたもなく吹き飛んでいて推し量ることすらできないが、胴体の欠けた空間からなぜか残り香のように怒りを感じた。だから、自爆テロはいつも爆弾を胸や太腿ではなく、腹に抱えて行われるのだなと勝手に合点した。

この遺体はハンナではないと何度説明しても、テオドルは認知症患者にありがちな、昔の思い出を語る時のように、あるいは、何かを思い出そうと中空に視線をやるように、どこでもないどこかに焦点を合わせて、ハンナ、ハンナと声高に叫ぶ。

腹から声を絞るわりに目は虚ろで、涙一つこぼさずにこれは娘だと言い張る様子を不可思議に思っていると、ふと一つの推測が浮かんだ。

呆けた老人が食べ物に孫の名前を付けるように、彼はこの棺に向かって、あるいは病院の床に向かって、ハンナ、ハンナと呼びかけているだけかもしれない。もしそうなら、ハンナが死んでいないことを理解させる必要がなくなる、と全身から力が抜けていった。それでも、テオドルの叫びは収まらず、今度はその遺体の綺麗な左手をハンナと名付けて呼び続ける。

テオドルはその左手と握手させようと左手首を握ってきた。しかし、左腕の先に手がついてないことに気づくと、テオドルはハッと認知症から覚めたように黒目をはっきりとさせる。しかし、次の瞬間にはまた泣き叫びながら、今度はかわりに右手を引っ張って、その遺体の左手に重ねるのだった。

可哀そうな義父のために遺体の左手を右手で握りながら、ハンナ、ハンナと一緒に唱えて慰めた。すると、義父も自分の手を重ねてきた。体が半分に分かれているせいで、遺体の上半身は軽く、簡単に斜めにずれた。

その滑稽な状況の中で、認知症になっても手がないということはわかるのだな、と一人感心したのを覚えている。

腹部の吹き飛んだ遺体はそれなりに衝撃的だったのか、その日の夜、夢に見た。それはぼんやりとした風景の中でその遺体が話しかけてくる夢で、そういった夢が数日の間続いた。

そんな夢を見なくなって数週間経ったある日の夕方だった。デブレツェンの自宅マンションの台所に立っている時、ふと誰かがいると感じた。

病院借り上げのワンルームは見渡すまでもなく誰もいなかった。しかし、見えないからといって存在しないわけではない。それは幻の手が教えてくれたことだった。野菜を炒めていたフライパンを手放し、ガスコンロを切る。目をつむって肩の力を抜くと、一息ずつ呼吸が深くなる。それにつれて、それは煙のようにぼやぼやと立ち上がってくる。人の形になる前に、それがあの遺体だとわかった。弱々しくも確信的な感触。まだ腹を失くす前の、その人物だった。

会いに来てくれた。その懐かしい感触が脳の中の誰かと結びつこうとした瞬間、後頭部に強い衝撃が走った。ハンマーで脳髄を叩かれるような痛みに耐えきれず、体が床に崩れ落ちていく。崩れながらも後ろを振り返った。そこには誰もいなかった。

クモ膜下出血はハンマーで後頭部を殴られるような痛みがする、そんなことを思い出し、脳の血管が破裂したのかと料理棚の携帯に手を伸ばした。救急ナンバーを打ちこんでいる間にも、立て続けに痛みが走る。携帯を手放し、床に倒れこむ。頭も真っ白になり、体の輪郭全体が痺れで曖昧になり、どこにも力が入らなくなっていった。気を失いつつあった。痛みが引くと、全身は痺れながらもぐったりと弛緩していって、じょぼじょぼと尿がもれていった。ようやく息継ぎができた次の瞬間、再び痛みが走った。左の腕先がどこよりも最初に強張《こわば》った。続いて左肩、そこから全身が強張って、最後に背中が弓なりに反った。痛みが引くと、これは幻肢痛だと気付き、這《は》いつくばりながら洗面所へと向かった。洗面台にしがみつき、鏡の前で右手を開閉すると、痛みは痺れに変わっていく。痺れも徐々に消えていき、ようやく安堵の息を吐いた。

手を移植してから、幻肢痛はぴたりとこなくなった。車のハンドルから左手を離して、開閉してみる。この新たな左手には痺れもハンマーで叩かれるような痛みもやってこない。

しかし、車がリブネの標識の下を通過した時、ジジジと痺れた気がした。不快に感じる前にそれは消えていった。手の移植によってもう二度と幻肢痛に悩まされなくてすむ。そう思うと嬉しさが込みあげてくる。

それほど、手を切断して数年経ってから新たな段階に入った幻肢痛は激しく、生活に支障を来《きた》すレベルだった。手の痺れは十分ほどで強烈な痛みに変わるため、痺れははじめると急いで鏡の元へと向かわなければならなかった。痛みに変わるともう耐えがたくて、職場で一度起こったときには人前にもかかわらず、床をのたうちまわった。その時は、近くにいた内科の医師が状況をわからずに困惑するなか、鏡をもったゾルタンが現れて事なきを得た。

職場では大抵デスク上に置いた大きめの手鏡で痺れを取っていたが、事務局から離れた場所で痺れはじめた時などは急いで男性トイレに駆けこんだ。しかし、午後の浅い時間帯で多くの患者で混み合っていたりすると、鏡の前で怪しげに右手を開閉させるのはさすがに憚《はばか》られた。

その日は他の階のトイレに行こうかと思ったものの、痺れの勢いは増していて、しょうがなく同じフロアの整形外科外来へと向かった。

外来は午前と変わらぬほど混み合っていた。外来裏にあるミラーボックスはいつ使ってくれてもいいと言われていたものの、忙しく看護師が往来する裏手を訪れる気にはなれず、あれ以来一度も使ったことはなかった。

診察室裏へと抜けると、やはり裏手では何人もの看護師が往来している。

「縫合《ナート》セットちょうだい」

外来のどこかから裏手へと声がかかると、栗毛の看護師が紙包みを持って通路を通り抜けていった。診察室へと入っていくなり、荒々しく紙を破る音が聞こえてくる。壁に向かい、ミラーボックスに手を入れて、覗きこみながら右手を開閉する。

「包交車こっちに」

再び後ろを誰かが慌ただしく通り、白衣の膨らんだポケットか何かが臀部を打ち当てて抜けていった。

右手の動きを速めた時、ゾルタンが奥の診察室から裏へと出てきた。

「ひさしぶりだね。調子はどうだい」

ゾルタンは一声かけると隣の洗面所で手を濡らしはじめる。

「おかげで、鏡さえあれば」

ゾルタンは表情を変えないまま頷く。

「日本の元号が変わったらしいな」

「よく知ってるね。令和に」

「前から不思議だったんだが、ヤパァナはなぜ建国記念日を祝わないんだい？」

「建国記念日？」

「そうだ。建国記念日はどこの国でも大々的に祝うものだ。日本の建国記念日はいつか、きみは覚えてるか」

「五月三日か、四日じゃなかったかかな。ゴールデンウイークのいつかのはず。いや、あれは憲法記念日か」

　ゾルタンは鼻息を漏らしながら、首を振る。

「バイエルンのヤパァナも同じ感じだった。信じられないな、建国記念日を知らないなんて。しかも、君も彼も、それを恥ずかしげもなく言うんだから」

「恥とは思わないな」

「どの国でもね、子供の頃から、いつ、誰が、どうやって、今の国を建てたか、みっちりと教わる。それがすべての愛国心の始まりなんだ」

「古すぎるからじゃないかな？　二千年以上前のことだ。ほとんどの日本人は誰が日本を建てたかなんて知らないはず」

「テンノーだろう？」

「そうだけど、何天皇だったかな。神武？　天武？」

「ふぅ、なるほど」

「そんなもんさ。日本人にとってはね、国ってのは、いつのまにか勝手にできてたものなのさ」

「おめでたい国民だな。それじゃあ、どうやって愛国心を育むんだ」

「愛国心と言われると。ただ、居心地はすこぶるいい国だからなぁ。愛着はあると思うけど」

「あぁ、そうだ。君に言っておかなくちゃ。この国で手の移植が始まる」

「移植?」

呟きに間髪を入れず、

「あぁ、手のね。光栄にもこの病院で最初の一例が行われる」

ゾルタンは返した。

「ドクトルは移植にも関わっているのかい?」

先ほどよりも小さな声を漏らすと、

「むしろ、移植こそ専門と言っていい」

ゾルタンも同じくらいの声で返す。

「ドクトルが繋ぐ?」

「あぁ。ドイツでの経験が買われてね」

それから、しばらく黙っていると、お互いの息遣いと手を開閉するサッサッという音だけが聞こえる。

「安心してくれ。世界でも指折りなほど経験は積んでいるから」

ゾルタンは仕切り直すように咳ばらいをする。

「もし移植を希望するなら、君をリストに挙げようと思っている。君の幻肢痛はかなりひどい。手を切断してもうすぐ六年経つというのに、どういうわけか君のは際限なく強くなっている。今の段階でも最重症の分類に入る。移植の適応に充分なりえる」

答えあぐねている間も箱の右側を覗き続け、右手を動かす。

「君には手がどうしても必要らしい」

箱の中では揃った両手が同期した動きを繰り返している。本当に両手を一緒に開閉している気分がする。

「免疫や年齢、手の必要性とか、項目がいろいろあって、誰が選ばれるかは最終的に委員会で決まる」

ゾルタンは心地よさそうに両手で泡を立てていく。

「ヤパァナは器用な民族だな。ハンブルクで今一番有名な整形外科医はヤパァナだよ。ミヤワキといってね、ドイツ語は下手だが、血管や神経を縫い合わせるのがきわめて上手でね。ハンブルクで指や腕が千切れたら、たいがいはそのヤパァナが繋ぐんだ。救急隊も手慣れたものでね、すぐにミヤワキのいる病院に電話してね、彼が今病院にいるかどうかたずねるのさ。君も技師だから手先が器用なんだろう」

声を抑え気味にしてにじり寄ってくる。

「しかし、不思議でね。日本では手の移植が行われたことがないんだ。患者自身の千切れた手は繋いでも、他人同士の手と腕を繋いだことが一回もないのだよ」

ゾルタンは矢継ぎ早に話しながら真横に体を寄せてきて、視線を落としミラーボックスの左側を覗きこんだ。

「我々ヨーロッパより一段遅れている発展途上国でも十年前からぽつぽつと行っているのに、日本ではいまだに一例もないんだ。手の移植も足の移植も。日本ならもっと前からできたはずなのにだ。なぜだろうね？」

「さぁ」

「ミヤワキも興味がなかったのか、執刀のチャンスが巡ってきたのにやりたがらなかったんだ。それで僕にお鉢が回ってきてね、それから十年で六人繋いだら、もうこの分野のトップランナーさ」

「六人で？」

「そうさ。腕からの移植はままあるが、手だけの移植は世界でも極めて数が少なくてね」

「技術的に難しいのかい？」

「いや、リスキーなのさ。移植後の拒絶反応が腕より起こりやすくてね」

「どうして？　手だけのほうが腕からよりも移植する量は少ないのに」

「あはは、これは面白い意見だ。それは島国的、いや、ヤパァナ的思考だな」

ゾルタンは胸を大きく張ってから、

「いいかい。アサト、戦争というのはね、ふふふ」

ご機嫌な声を漏らして一笑いする。

「歴史を振り返ればわかるはずだ。大国の隣に小国があれば、どうなる？　すぐにその小国は征服されるだろう。基本的に征服は大国と小国の間で起きるのさ。大国同士がぶつかってどちらかが征服される、なんてのはそうそうない。近代に限れば、大国同士が真正面から戦ったことすら一度もないんだ。なぜなら、お互い壊滅的なダメージを負うとわかってるからさ」

「じゃあ、」

「そうさ、移植片の量が多いほど、拒絶反応は起こりにくくなるのさ。逆に指一本だけを移植した日には、拒絶反応で一瞬のうちに指は焼け落ちる」

　ゾルタンは早口で話し終えると、再びミラーボックスの中に視線を落とした。初めて見るかのように、キョトンとした目つきでしばらく眺めたあと、薄い唇を開いた。

「今、ふと思いついたんだがね。日本が手の移植を行わないのは、日本に国境がないからなんじゃあないかな」

「国境？」

「そうさ。日本は他のどこの国とも繫がってないだろう？」

「たぶんね」

「どうだ。ははは、なかなか面白い一致だ。いや、しかし、これは偶然とは言い切れないかもしれない」

ゾルタンはひとしきりむせるように笑ってから、顔に上機嫌を留めて語りだす。

「一体どういう感じだい、一つの国とも隣り合ってないというのは。ハンガリーは七つの国と隣り合ってる。ドイツは九つだった。ただ、バイエルンで青春時代を過ごした僕から言わせれば、ドイツ国内にも線を引きたいね。フランクフルトより北はね、あれはドイツじゃなくて、プロイセンだ。元が違う国なのだよ」

「妻にも言われたことがあるよ。国境がないというのはどんな感覚なんだと、付き合った当初にかなりしつこく訊かれたっけ」

「はっ。これは大陸特有の疑問かな」

「ただ、この手術は君たちドイツ人に向いてる気がするな」

「これは、どうして」

「あぁ、すまない。君はハンガリー人だったね」

「かまわないさ。医学を修めたのはバイエルンなのだ。医者としては、間違いなく生粋のドイツ人なんだよ。今思うとフランクフルトの医学校に行かなくてよかったよ。あそこを正式なドイツとみなすのはちと抵抗があるものだからね」

ゾルタンは大ドイツ、小ドイツとドイツの成り立ちについて持論を述べると、ミラーボックスからようやく視線を上げた。お互いの顔の近さに気づいて、たじろいで一歩離れた。

「移植に興味があれば連絡をくれ。詳細を伝えるから」

ゾルタンは硬い紙タオルでガサガサと手を拭きながら診察室へ戻っていった。

一息つくと、今まで箱の中を左側から覗いたことがないことに気づいて、誘われるように左側から角度をつけて箱の中を覗きこんだ。

中は空っぽで間仕切りの鏡に映って、右手も切断されているように見える。両腕の先から僅か数秒で体の中身が抜けていく感じがした。鳩尾が空いたように浮き上がり、焦点が定まらなくなり嘔気《おうき》が込みあげてくる。角度をつけるのを止め、ただ上から覗きこんだ。しばらく左側の空っぽな白い底を見つめていると、右手は自然と止まっていて、薄まっていた不快な痺れが左手に戻ってくる。息を吸いなおして、右側から覗き手を動かした。

左手の痺れが一段落して整形外科外来を出ると、二つ隣に内視鏡センターの受付が見えた。エンマが受付で患者に用紙を渡しながら説明をしている。足音に気づくとエンマは視線を寄こしてきた。突っこんでいた左腕の先をポケットから出して断面を見せつける。

内視鏡センターから異動になった後も、院内でたびたび敷島やエンマに遭遇した。そんな時はいつもこの断面をさりげなく見せつけた。そうすることで彼らと、そして、かつて夢中になった内視鏡業務と適切な距離を置くことができた。やはり今回も、エンマは苦笑いをするだけで話しかけてくることはなかった。

デスクに戻ると、机に突っ伏して寝ていたボトンドはのそりと起き、ぼうっと見てくる。

「そうだ、さっきネストールが事務局に来てたぞ」

「知ってる。今日は定期検査だから」

「喧嘩でもしてるのか」

「いや」

「あいつ前より、もっとオタクっぽくなってるな。もう勝てるゲームがねぇよ。将来は、ニンテンドーに就職したいんだとよ」

「らしいね。熱心に日本語を勉強してるよ」

「コントローラーより重いもの持ってないんじゃないか。どんどん、ひょろくなってきてるぞ」

ボトンドは、おまえのせいだな、と呟いてから大きく伸びをする。

「おい、来年の慰安旅行だけど」

「何だよ、まだずっと先だろ」

「来年から係だからな。おまえにちゃあんと言っておかなくちゃ」

「わかってる。しつこいな」

「絶対に水着を忘れるなよ」

旧友の誘いで初めてこの地の温泉を訪れた際、水着を持っていかなかった。ハンガリーでは温泉はすべて混浴で、水着を着用して入るものだと知らなかったのだ。温泉大国から来ている日本人だから、と旧友が説明しなかったせいもある。

「真っ裸で温泉に入るなんて、日本人は変態だな」

ボトンドにとって、裸で入る日本の温泉は可笑《おか》しくてたまらないらしく、事あるごとにむし返しては大笑いするのだ。

ボトンドは、というよりここの事務員たちは、仕事以外の話になると途端に元気になって、いろいろなスポーツの計画を進めていく。彼らの前では片手がないことは不参加の理由にならず、時には両手がないとできないスポーツにも平気で誘ってきた。

「しっかし、あれだな」

ボトンドは手を伸ばして、棚から冊子を引き抜いた。それはもうこの数年すっかり見ることがなくなった義手のカタログだった。

「おまえ五年以上、手がなくて問題ないんだから、義手ってのは本当に必要なもんかな」

そう言うとボトンドは頭の後ろに腕を組んでから、

「なんもかわんねぇだろ、片手ぐらいがなくても」

と独り言のように呟いた。その呟きを無視し、ボトンドからカタログを取りあげてパラパラとめくっていった。手先具のついた義手のいくつかに付箋がついていた。

「そんな機械っぽいやつじゃなくて、本物っぽいやつあったろ」

ボトンドは鼻の下を伸ばしながら覗きこんできて、

「そうそう、これこれ。よくできてるな。本物そっくりで義手だなんてばれやしない」

とても嬉しそうに目を合わせてきた。

ボトンドの勝手な思いこみとは違って、手を失ってから一年ごとに明らかに体質が変わっていった。体重が数キロ減り、なぜか寒がりになった。夜寝つけず、睡眠薬を飲むこともあった。

移植の話を聞いたその夜も無理やり眠ってしまおうと、睡眠薬を飲んだ。意識がぼんやりとしてきて、効きはじめた時に携帯が光った。

「いけなくてごめんやで」

ハンナの声は水中で聞こえるもののように反響してぼんやりとしている。それほど、彼女の声は曖昧に聞こえた。

「しょうがない。こっちも幻肢があれからひどくなって。手の移植を勧められるくらいにね。もちろん、そのつもりはないんだけど」

「いいやん。わたしは大賛成やわ」

「ほんとかい。他人の手だよ。その手で君に触れてもかまわない？　ゾルタンは、女なんて誰の手でもいいんだって。大きな手で、うまい具合に動けばそれでいいんだ、とかいうんだ」

「ふふふ、ないよりまし、ないよりましよ」

「ないよりまし、かぁ。ないよりまし。そうかぁ。君がそういうなら考えてみようかな。移植してから、嫌がったりしないでくれよ」

「大丈夫だと思うけど」

電波が途切れて再び繋がると、ハンナは思わしくないキーウの状況を語りはじめる。

「なぁ、抗生物質と鎮痛剤送ってくれへん」

「わかった。敷島先生に頼んで処方してもらうよ」

電話を切った途端、睡眠薬がどっと効いてきた。しかし、眠りに引きずりこもうとする睡眠薬に抵抗する何かがあった。そのせいで、辛うじて起きているような、あるいは起きている夢を見ているような、うつらうつらと浅い眠りが続いた。

そうしているうちに睡眠薬が切れて目が覚めた。寝る前よりも目が熱を孕《はら》んでいて、余計に疲れた心地がする。時計を見ると数時間しか経っていなかった。ジジジとさっそく痺れがきて、眠りを邪魔していたのはこの幻の左手に間違いないなと左腕を太腿に擦りつけながらベッドを出て、早足で洗面所へ向かった。鏡の前に立つと、減った体重には左手の重みも含まれていることに気がついた。

右手を映しこみ、動かし続ける。この作業を何千回も繰り返し行っている。右手を強く握りしめると、鏡の中で左の拳が腱を軋ませた。やはり自分には手というものがどうしても必要なようだった。鏡へと右手を伸ばすと、鏡越しに右の掌と左の掌が合わさっていった。

義手も期待はずれだった。義手により日常生活の不便さは多少解消されることがわかったが、手の実感をもたらすものではなかった。義手は腕や肩周りで手の働きを再現するというもので、むしろ、残された腕側の感覚を強めるだけで、ますます幻肢痛がひどくなった。

結果、移植を提案された数日後にはゾルタンを訪れて、リストに挙げてもらうこととなった。

その後数か月の間、ゾルタンから移植に関する説明を定期的に受けた。レシピエント候補に残り続けるにしたがって、ゾルタンの弁にも次第に熱が籠りはじめた。それから程なくして、ドナー候補が見つかり、それにふさわしいレシピエントとして決定したことが告げられたのだった。ハンナに報告すると「いいやん」と電話越しに喜んでくれた。

手術当日、看護師に引き連れられて暢気《のんき》に手術センターの廊下を進んだ。点滴台を引っぱりながら歩くと、ガラガラというキャスター音が廊下に響いていった。スーツ姿と違い病衣一枚だと肌寒く、院内の空気が乾燥しているのがわかる。「6」と大きく書かれた壁のすぐ横で分厚い銀色の扉が開いていた。

「おはようございます」

オペ室の看護師たちはいっせいに頭を下げた。付き添いの看護師が書類を片手に申し送りをしている間、周りを見渡す。真ん中にオペ台、天井からぶら下がった無影灯、壁には電気が落ちたシャーカッセン、その傍にパソコンとモニターが二台、緑色の覆《おい》布《ふ》が掛けられた金属台が数台。屈んで布の下から覗くと、金属台の上にあるのはただのオペ器具だった。

手を探していた。早く見たかった。手は冷やされているはずだから、クーラーボックスのようなものの中に入っているのだろうと周りをうかがった。しかし、そのようなものはどこにも見当たらなかった。

「オペ台へどうぞ」

台の上に腰をかけ、スリッパを脱ぎ横になった。上向きに寝そべると、無影灯の光が真正面から降り注ぐ。光量は強いが酔っぱらった時のようになぜか眩しくなく、目の奥へと染みこんでいくようだった。目を閉じても瞼が光に照らされて黄色い。器具を用意する音や申し送りの話し声、その中に紛れて聞き覚えのある離れの悪い足音が近づいて、

「気分はどうだ」

ゾルタンが光を遮って視界に入った。影が差し、光で白く消されていた天井のベージュ色がふっと浮かび上がった。ゾルタンの顔は逆光でのっぺらぼうになっている。ゾルタンの右肩に紐がかかっており、その紐を追うと腰あたりに提げられた発泡スチロールの箱に行き当たった。手が収まるのにちょうどよい大きさの箱。この箱の中に手が氷で囲まれ冷やされているのだと胸が高鳴った。

「今回は切断と違って、数時間というわけにはいかないがね、麻酔であっというまだよ」

機嫌よい声と共にゾルタンの顔が消えると、ベージュ色の天井は光の中に再び消えて、天井がどこまでも高く伸びていく錯覚に陥った。

「さぁ、眠たくなってくるぞ。約束通り、とびきり綺麗に縫ってあげよう。楽しみにしていてくれ」

視界の外から声がして、口にマスクをあてがわれる。点滴の管を白濁した液体が進んでいくと、すぐにふんわりと体をオペ台に残して浮きあがった。栗毛の看護師が剃《かみ》刀《そり》で左腕の体毛を剃っている。その隣で別の看護師が剃った体毛を粘着テープで回収している。さらに浮きあがっていき、オペ室全体を見下ろす。

ゾルタンは箱をモニター横の台に置いて、ガムテープを剝がし分厚い蓋を開けていく。敷き詰められた氷をかきわけて、中から手が入った透明の袋を取りだした。ゾルタンは目の高さまで袋を上げて、蒼白な左手をしげしげと観察している。

親指にはゲームダコ、掌の中央にはホクロ、甲には学生時代の怪我の痕がある。久しぶりにみる自分の左手。懐かしさに声を洩らしたが、誰にも届かない。ゾルタンは嬉しさを押し殺した表情を浮かべると、再び手を氷の中に押しこんで埋めた。

ジッ、ジジッ、ジジィーー……

左手が痺れはじめた。あぁ、なんだ。これは夢なのだ。もう麻酔がかかって自分は寝ているのだ。そう気づくと、分離した意識もまた麻酔に引きずられて深く沈んでいった。


「ネストール。もうすぐ、キーウだよ」

横で眠っているネストールに声をかける。

「おぉ、暗なってる。めっちゃ寝てた」

ネストールはうなだれたまま、返事をする。

他人の手も自分の手も同じようなもの、どうやら無意識にそう思いこんでいたらしい。そのせいで、手を失って七年も経っていたにもかかわらず、オペ室で発泡スチロールの箱を見た時、その中に自分の左手を見たのだ。

その幻想は手術が終わり麻酔から目が覚めて、真っ白な他人の手を、台形の爪を見た時に打ち砕かれたが、それでもまだ手は大きさや形が多少違えど結局どれも同じもの、そう思っていた。

「もう運転するぶんには普通やね」

助手席のネストールが頭を上げて呟いた。寝起きの言葉は穏やかなハンガリー語だった。

「うまく力が入らなくて、ぎこちない時もあるけど」

運転を始めた昼過ぎよりも、左手に力があった。

信号待ちで停車して、右手で左手を撫でてみた。この左手がくっついてから、あの幻肢痛はピタリと消えてしまった。

「どうしたん？」

ネストールの問いに、腕の先についた他人の手を見つめた。

「なんでもない。いろいろ思い出してただけ。ネストールが入院してた時のこととか」

「あぁ、懐かしいな」

手の血管が強く脈打ちだす。動脈が掌を環状線のように横切っているのがありありと感じられた。他人の動脈の中を自分の血が通ると汚れるような気がした。

両の掌を合わせてみる。左より右のほうが長く、右より左のほうが厚みがある。動揺した。

かつて左手があった時、両手を合わせると感じたあの、互いの分身が合わさったような一体感が、完全な理解者と邂逅《かいこう》するような安心感が、まったくない。

鼻で笑った後、後悔が胸に押し寄せてきた。

手など移植すべきでなかった。

取り戻したつもりが、くっついていたのは違うものだった。それを知ったら、ハンナはなんと言うだろう。どうして、わざわざそんなことを、とでも言うに違いない。

いや、待て。

〝ないよりはまし〟

ハンナは、他人の手でもないよりまし、電話でたしかにそう言ったはず。手の移植が決まった時も喜んでくれたはず。じゃあ、なぜ手術後にどんな手が移植されたかハンナは訊いてこなかったのか。

記憶の矛盾に迫ると、
ジジジジ、
どこかに微かな痺れを感じた。それは懐かしい、途中で折れ曲がった痺れ。思わず、口元が緩む。意識を集中すると、やはり痺れているのは移植した左手だった。今の左手に半分重なりながら、昔の左手が軽く曲がりながら痺れていた。

「疲れたやろ。替わるわ、こっからは下道になるし」

「ありがと、ちょっと疲れた」

路肩に停めて降りると、夜の匂いがした。ネストールは運転席を前に詰めてシートベルトを締めると、ちらりとこちらを見た。

「どうした？」

「あぁ、アサトとはじめて会った時は、まだ普通に左手あったなって」

「うん、あったあった」

「途中からなくなってさ、最近は片方の手がない人ってイメージやったから、なんか変な感じやわ」

「自分でも手があること自体、変な感じ。他人の手だからかな」

「もともとの左手のこととか、思い出したりする？」

「ちょうど、今思い出してた」

「そうやんな、思い出すよな」

「でも、もう忘れないとな」

「忘れられる？　そんな簡単に」

ネストールの声色が昼ごろの怒りに満ちたものに戻る。

左手を握っては閉じ、それを繰り返していくと左手の痺れはましになっていく。今ここで痺れを完全に消すと、もう二度と前の左手のことを感じられなくなる。そんな気がすると、思わず手を動かすのを躊躇《ためら》ってしまった。

## 7

ゾルタンは医局の掛け時計で時間を確認すると、自分のデスクの引き出しからビニル袋を取りだした。二重に密封された患者の私物を袋から出すと、白衣の右ポケットにさり気なく入れ、リハビリルームへと向かった。

リハビリルームの個室へと続く廊下に入ると、一番奥の部屋から雨桐の声が聞こえてくる。部屋のドアは開けっ放しで、中では日本人が雨桐の指示に従ってバトンを握っている。手術からの期間を考えれば早すぎるほどのペースだった。手にとってもっとも重要な『握る』ということをマスターしつつあった。

「順調かな？」

「おかげさまで、握力がそれなりに出てきたよ」

「それはいいことだ。そう言えば、一か月ほど前のウクライナ旅行はどうだった」

「いい気分転換になった。運転も問題なくできたよ」

日本人は顔を歪ませて微笑む。

ゾルタンは棚を漁って釘と木片を見つけだすと、日本人に手渡し、白衣のポケットからトンカチを差し出した。それはこのリハビリルームにある、見るからにリハビリのために買い揃えられた工具とは違っていた。黒いトンカチの小口は銀色に磨《す》り減っており、カシ材の柄は濃く変色しており、現場で使いこまれたものだった。

「ここに釘を打ちこむんだ」

二本の釘が既に打ちこまれた木片をテーブルに置いた。壁際に追いやられた雨桐は後ろで見つめている。

右手で握る日本人に、

「逆。左手で」

左手でトンカチの柄を握らせる。彼は摩擦で磨り減った木目を擦ってから、握り心地を確かめながら何度か握り直す。あるところでふっと手に収めたかと思うと、やにわにトンカチを振り下ろした。打感よく小気味よい振動が机を震わせ、リハビリルームに相応しくない金属の叩音《こうおん》を立てて釘は埋まっていった。

「今まで左手で釘を打ったことはないだろう?」

さらに釘をもう数本渡した。とり憑《つ》かれたように打ちこみ、先ほどよりも早く釘は木片に沈んでいった。日本人自身も感心しているようだった。

「なるほど」

無心に打ちこむ姿を見ていると、経過として安全水域に入ったと考えてもよさそうだった。すると、次の移植、来年に予定されている手術が思い浮かんでくる。

「今度、アフリカ系の黒人の手をアジア人に繫ぐんだがね。おそらく、繫ぐと手の色味が変わってくると見立ててるんだが、君はどう思うかね」

日本人は頷いたものの何も答えない。まるで左手に訊くように勢いよく釘を打ちこんでいく。渡した釘がすべてなくなると、催促するように見上げてきた。

「おつかれさま。もう結構」

トンカチの頭に手をかけ、きわめて順調だね、と雨桐に告げた時だった。手からするりと抜けはじめるトンカチを、日本人の左手が猛烈な力で握りしめて、そのまま振り下ろした。ゾルタンは斜め下に引っ張られて転倒し、反動で日本人が天井へと浮き上がってみえた。雨桐はキッと甲高い声をあげて固まった。

「あぁ、ドクトル……手が、反射的に」

日本人はひどく狼狽《ろうばい》した様子で、まるで自分の飼い犬を押さえつけるように左手を上から右手で握りこんだ。左手は静脈が怒張して皮膚は興奮したように真っ赤に染まっている。左の前腕から首筋までも硬直させて、歯を食いしばった口元からギィギィと歯軋りを響かせる。

「いいんだ、気にすることはない」

立ち上がって、膝の埃を払う。

それはこの日本人の悪い癖だった。未だに左手に内在する本能的で突発的な反射を抑えこめていなかった。この段階までリハビリが進んでいるというのに、いまだ左手の衝動に前腕が振り回されているのを度々見かけるのだ。

はずれた眼鏡を直し、ゆっくりとトンカチに手を伸ばして、縮こまった日本人の瞳を見て促した。彼がゆっくりと左手を広げると、ゾルタンはトンカチの頭に指を引っかけた。そっと手から取りあげると、その左手に出血が見られた。

「これはいけない」

トンカチの柄から削げた木片が人差し指の付け根に刺さっていた。

「免疫抑制剤を飲んでるからな。こんな傷でも簡単に膿む」

PHSを胸ポケットから抜きだし、ドルカを呼びつける。すぐにドルカがやってきて、その場で傷口の処置にとりかかった。裸の左掌には、機械工特有の洗ってもとれない煤がところどころに染みついている。

プラスチック手袋を両手に着け、彼の左手を押さえつけた。

「手を開いたままにしておいてくれ」

日本人は頷くと目を細めた。するとなにを思ったか、すんすんすんと小鼻を鳴らして息を吸い、それから、ふーんと熱い鼻息を漏らす。何回か繰り返してから、

「ドクトル、ゾルタン」

日本人は先ほどの伏し目がちで卑屈な様子と違い、まるで体中に力が漲ったように黒目を中心に据えて尋ねてくる。今までのレシピエントたちが変わっていったように、この日本人も変化しつつあった。今では時にこちらがたじろぐような瞳をみせたりするのだ。

「なんだ？」

目をすぐに掌に落として処置を続けていると、

「ドナーの利き手は、この左手だろう？」

左手を握りしめた。

「処置中だぞ。手は開けておいてくれ」

消毒した綿球を押しつけながら、手を開くのを待った。

「術前に説明しただろう、ドナーに関する質問には答えないと」

そうして開いた手にピンセットを近づける。刺さった木片を摘まんで皮膚から引き抜いていった。木片の一部が皮膚の中に残って、淡い茶色の線を浮かべている。

「28Gをおくれ。少し痛むぞ」

ドルカから注射針だけを受け取ると、息を止めて狙いを定めた。皮膚の中に刺しこみ、ゆっくり引き抜くと、残った木片は針と一緒に抜けでた。

「これでいいだろう」

一息ついてから、気色ばむ日本人を見た。

手術後からこの日本人が変化していったのは、移植した左手の影響で間違いなさそうだった。肝臓や心臓などの内臓移植では、ドナーの記憶がレシピエントに移ったとか、あるいは、レシピエントがドナーの好きだった食べ物を好きになるといった報告が論文で散見される。

手の移植は症例が少なすぎて、そういった報告はまだ上がっていないが、レシピエントに何らかの変化をもたらすことは疑いようがなかった。人間が手の使用によって高い知性を獲得したのなら、手の移植によって受け継がれるのは知性ということになる。しかし、実際に受け継がれるのは人間を最も人間たらしめるものではないか。

この日本人と知り合ったのが左手を切断した後であることが悔やまれた。もし、自分自身の左手を持っていた時から彼を知っていれば、大きなヒントを得ることができたかもしれなかった。

木片を抜くと、小さい穴が残った。穴からは血の噴き出しはなかった。ドルカはポッカリと空いている穴にシールを貼りつけ蓋をした。化膿止めの抗生剤を出しておくから飲むように言いつけ、ゾルタンはリハビリルームを出た。

ナースステーションへの道すがら、鳩尾あたりに不快感を抱いていた。今になって、この日本人が薄気味悪かった。

どうしたことか最近こそ携帯に逃げこむ姿は見かけないが、かつては病室の隅で目を上ずらせて話しこむ姿によく遭遇した。とろんとした瞳で「ハンナ、ハンナ」と録音された音声に話しかける姿は哀れでしかなかった。

妻を失った事実を認めたくないのはわかるが、妻は今キーウの親戚の家に、あるいは、先月からリブネの施設に、とあの瞳で告げられると、その陰性の凄みにたじろいでしまってそこからは追及の口を噤《つぐ》んでしまう。

酷い時期には精神科の介入も考えたが、日本人特有の生真面目さのせいか、職場では例の電話は一度もかけたことはないらしく、問題も起こさずうまく立ち回っている。そのせいで治療すべき病気とは言い難く、単なる妄想障害の範疇《はんちゅう》に収まっている。最近はハンナという名前も会話に出てこなくなったが、亡くなったと説得されるのを嫌がっているからのようで、生きていると信じる振舞いに今も時々遭遇する。そんな時は幽霊に出くわしたような不吉な気分になった。

ゾルタンは廊下を歩きながら、この日本人と出会った時から今までを思い返してみた。すると、どうしても一つの結論に行きついた。つまりは、この移植は失敗かもしれなかった。思えば、常に自我を押しだすことによって保たれる国境線、それを持たない人種にこの移植の適応があるとは到底思えなかった。他人の手が繋がるという意味すら、ＤＮＡや民族的な肌で理解できなかったのだ。

いまのところ、不気味なほど経過は順調ではある。しかし、あの日本人が他人の手を使いこなせるようになるとは思えなかった。日本人が今まで手の移植を行わなかったのは、本能的に自分たちにはこの手術の適応がないとわかっていたからかもしれない。

先の手の反射などは、今までの患者なら躍起になって抑えこんでは得意げになったものだが、あの日本人からは手を屈服させるような意欲は見られず、それどころか、時に腕の力を抜いて手に身を委ねているようにも見受けられるのだ。

やはり島国ゆえ、幼児のような貧弱な自我しか持ち合わせていないのか。それとも、彼らには彼らなりのやり方でもあるのだろうか。

自問自答をくり返していると、渡り廊下を歩いて事務局へと帰るあの日本人が窓から見えた。後ろから同僚の事務員に話しかけられると、日本人は立ち止まって嬉しそうに話をはじめる。ゾルタンは足を止めて、その姿をじっと見つめた。

ゾルタンは腕組みをしてうなだれた。接すれば接するほど、日本人がわからなくなっていく。出会った日本人はだいたいが勤勉だった。では、金を稼ぐことに熱心なあの民族、国を持つことを許されていない彼らと似ているだろうか。浮かんできた考えと共に、ゾルタンは頭を持ち上げて窓から再び日本人を見た。

いや、それはない。日本人は真面目に長時間働くが、むしろ、金に執着するのは浅ましいという感じすらある、とゾルタンは首を捻じってその考えを否定した。

宗教でも文字でもなんでも受け入れるのが島国文化、などとほざいてはいても、陸つづきの国境を持たない彼らにとって、他国の宗教や文化を受け入れることと、他国を受け入れることは常に別個なのだ。移民も頑なに受け入れていないところをみると、日本というのは実のところ、どの国よりも何も受け入れてこなかった国なのかもしれない。

そう思うと、廊下で微笑みながら立ち話をしている日本人を見て、背中に寒気が走った。あの日本人の微笑に気圧《けお》されるのはそういうことなのかもしれなかった。健やかに笑っていても、彼は実際何も受け入れていない。手も、妻の死も。

経過次第では手の移植術は、日本人に適応なしと結論づけざるをえない。日本人を見つめながら、そう考えがまとまってくると、胸がむかついてきた。

大陸よりもはるかに矮小《わいしょう》で、しかし、島国というには長大な、日本列島。小さな領土のふりをして、西ヨーロッパのほとんどの国よりも大きく人口も多い。ぼんやりとした領海に囲まれて国境を知らず、似た者だけで排他的に暮らしながらも、自分たちは心優しい人種と思いこんでいる無知で幼稚な国民……。

ふと、日本が自分の目指している理想的な国家像と近いことに気づき、ゾルタンは苛立ちで窓に背を向けた。ミヤワキがどうして手の移植を断ったのか、今になってわかる。日本人は一見謙虚なようで、つまり、ひどく傲慢《ごうまん》なのだ。

ナースステーションに辿りつくと、カルテから手術記録を引っ張り出した。記載された記録に沿って、あの日の手術を追想していく。左腕の断端を開いて断面を露わにする場面や、左手の血管や神経を確認する場面。繋がなければいけないもの、繋いではならないもの、取りこぼしなく頭に巡らせていく。あの日本人が手の本能的な反射を抑えこめないのは、どこかの腱を繫ぎ忘れたせいではないか。そう思いたかった。

虚しい希望を持って手術記録を半分ほど捲ったところで、胸ポケットのPHSが鳴る。苛立ちながら、PHSを耳に当てた。

「ドクトル、外線からお電話です」

「外来患者からの電話は断ってくれ」

「ウラースロです、ドクトル・ウラースロです」

「……ウラースロだと？……。うむ。では、繋いでくれ」

PHSを切ると、すぐに呼びだし音が鳴る。

「ドクトル・ゾルタン。手の移植のニュースを見た。彼に手が移植されたんだろう」

「いかにも、僕が繫いだ。君が誤診してくれたおかげでね、僕の移植症例が一つ増えたよ。整形外科部長と副院長のポストも転がりこんできてね」

「……」

「よくもまぁ、のうのうと電話してこられたね。この長い間、どこの病院に隠れていたのか知らんが、君を雇うようなところはろくなとこじゃあない。わざわざ、きくこともあるまい」

「この七年、医者はやってない」

「……ふぅん」

「今後もやる予定はない」

「……そうか。いや、それがいい。ありえない誤診だった。君は切る必要のない手を切り落としたんだ。あの日本人があの後どれだけ苦しんだか」

「だから、君には感謝してる。あのニュースから何か月も経って続報がないということは、手は問題なく生着してるんだろう？」

「だから、許してもらえると？」

「そうじゃない。ただ、謝るなら今だろうと思って」

「君が許してもらえるとすれば、今ではなく、手がなかった時だったかもしれない」

「どうして」

「はっ。どうしてだと」

自国の、この狭くなった領土に籠っている人間には理解できないだろう、そう思うと口から失笑とドイツ語が漏れる。

「この国の男も無知で弱々しくなったたな。いつからだ？　ＥＵ、いやＮＡＴＯに加盟したあたりからか」

「なんだって？」

首を左に大きく捻ってから、

「あのね」

ため息とともにハンガリー語に切り替える。

「移植はな、君らみたいな、切り取ったら終わりの治療とは違うのだよ」

ダメな部位は切り取る。癌があれば切り取る。体の病んだ部分を切除して本体が健やかになること、それを根治療法にしてきた今日《こんにち》の医療にあって、切除と切断ばかりをしてきた医者と、それに慣れ切った国民には理解できぬことなのかもしれない。

「どっちにしろ、君はこのまま医者を引退したほうがいい」

「ほっておいてくれ」

「もう時代遅れだ」

今後、医療は切断的治療から統合的治療へと向かう。統合的治療の最たる例が移植で、今までドナーを待たなければならなかった移植は、再生医療の発展によってメインの治療へと押し上げられる。

「これからは新しい移植の時代になるだろう」

ドイツ語でそう予言めかして話したものの、病変を切除できれば治ったと喜ぶ、そんな治療ばかり続けてきたこの老いぼれには理解はできまい、と大きな深呼吸をひとつして、

「とにかく、会わせることはできない。君はあの患者のことがわかってない」

と短く切り捨てた。実際、あの日本人の経過は特異的だった。手を繋いだことによって、問題はより複雑になった。

「僕は臨床一筋だ。十年も研究室に引きこもっていた君より、患者のことをよくわかってるつもりだ」

電話口から語気の荒い声が返ってくる。

「そういうことじゃない。ヤパァナは、我々とは違う。ということだ」

「ヤパァナヤパァナ。人種差別的な物言いは変わってないね」

「あのね。免疫とは他者に対する寛容性のことなのだよ。持論になるがね、免疫の寛容性は常に自我の容認性と密接に関係している。人種による自我の違い、特にヤパァナの自我の在り方は我々とはまったく違うんだ。移植後の腫れぐあいから、リハビリの進みぐあいから、まったく違う。君も彼の経過を見れば、自我と免疫が強く関係しているとわかってもら、」

「ちがうちがう。君がそういう見かたをするのは、バイエルンの、あの、うす汚れた研究所にいたからだ」

その台詞に頭がパンッと弾けるように白くなる。眩《まばゆ》い光が引くと、そこから浮かんできたのは一匹の白い犬だった。

あの研究所で、亡くなった犬の被毛からまったく同じ姿の犬を複製した。長年共に暮らした愛犬ソフィーを交通事故で失った、政治家からの依頼だった。そのクローン犬を「ソフィー、ソフィー」と同じ名前で呼ぶ、あの政治家の幸せそうな顔。その時に感じた嫌な予感は、今も背骨に染みついている。

ゾルタンは深いため息をPHSに吹きかけた。

失くしたものが戻ってくる、国民が再生医療をそんな夢の治療と勘違いするのはしょうがない。しかし、再生医療とは失った体の一部が自然と生えて再生するものではない。自分から分離され、培養・増殖されて創られた手や臓器を自分に繋ぐ、移植の新たな形態に過ぎない。同じDNAを持っているから拒絶反応は起こらない。が、だからといって、自分の手というわけでもない。ただ同じDNAを持っただけの、研究室育ちの全く別の手である。手を繋げば、それが自分とまったく違うものだとわかるだろう。自分とは異なる臭い、感覚、反応。自分の神経とは違う人工的な電気信号で太くなった手の神経や、培養液によって肉づいた筋肉や脂肪、あるいは皮膚と一体とならねばならない苦痛に襲われることになる。同化を無意識的にブロックすることもできるだろうが、その場合、移植片は癌化というやり方で仕返ししてくるだろう。相手は生きている欠片《かけら》なのだ、誤魔化しはきかない。

この程度のことがどうして理解できないのだろうかとゾルタンはＰＨＳを耳に当てたまま天井を仰いだ。

国民が勘違いするのは構わないが、研究員も同じように考えるのは悲劇でしかなかった。手が移植された六人の患者を観察して気づいたことがあった。彼らが他人の手を支配的に使いこなすようになればなるほど、逆に彼らの性格は受容的なものになっていったのだ。

今までの医療が、肥大した自我を守るために病気になった体の部分部分を切り落としてきたのだとすれば、移植は他者の一部を受け入れて自分の自我を削ぎ落とすものであるかもしれなかった。

研究所に居た時、何度も研究員たちに、こういった移植が持ちうる他の作用について説明を試みた。そして、これの急速な普及はヨーロッパを変化させる恐れがあることも付け加えた。

大勢の国民が再生医療という名の新しい移植で別個の存在を受け入れ続ければ、つまるところ国は民族的な自我を失い、内側から崩壊することになるかもしれないと。

しかし、彼らは聞く耳を持たず、ヨーロッパの要人たちに取り入って、早期にこの医療が主流になるように画策した。資金流用問題であの研究所は潰れたが、別の研究所でその計画は引き継がれている。ハンガリーを含めたヨーロッパの今後を慮《おもんぱか》るたび、あのクローン犬の時と同じ嫌な予感が背すじに走る。

「たしかに汚れた研究所だった。いけすかない連中だったよ、研究員も政治家たちもね。短絡的な馬鹿ばかりで」

「今も繋がってるくせに」

「まさか。だが、これ以上でしゃばらないほうがいい。君は運が良かったのだよ。相手がこの職場の人間で、しかも日本人だったから内輪で収められたのだ。これが移民の連中だったりしたら、彼らはここぞとばかりに騒ぎ立てるぞ。もみ消しなどできなかっただろうね」

「とにかく、彼と話がしたい。会うのが無理なら電話でいい。とりついでくれ」

「無理だね。断る」

不快な予感を振り落とすようにブルブルと身震いした。虚しい怒りと共にその予感が落ちきると、鳩尾にふっと空間ができた。

「うん?」

もし……、もし、移植によって国の民族的自我が弱まるのだとすれば、どうして自分は手の移植術をわが祖国ハンガリーに持ちこんだのだろうか。

思考が停止すると、時間も止まったように内側が静かになる。嫌な予感の塊のような悪寒がこみあげつつあった。

「……ゾルタン……ドクトル・ゾルタン……」

「とにかく、会わせることはできない。君を手引きすることはこの病院への裏切りになる。君のかわりに賠償金を支払って事を収めたのは病院だぞ。君が彼に関わってくるなら、賠償金だけじゃない、警察をけしかけて今から刑事事件にしたっていいんだぞ」

ＰＨＳを切って胸ポケットにしまった。

ゾルタンは鳩尾あたりを撫でながら、

「この病院に来て、もう十年」

ひそひそとしたハンガリー語で呟いた。ここでは手の接合より他の仕事に忙殺される毎日だった。少しばかり、手や足を切断しすぎたのかもしれない、と鳩尾にグッと腹圧をかけて違和感を抑えこんだ。

すると、かわりにむらむらとした本能が湧き上がってくる。

いや、いっそのこと、ヨーロッパは急速に変化するのがいいかもしれない。動乱の時代が来れば、ハンガリーにも領土を取り戻すチャンスが巡ってくる。帝国時代の版図と栄光が戻ってくるのはそこまで遠い未来ではないのかもしれない、とゾルタンはカルテを閉じて立ち上がった。

アサトは事務局に戻ると、左手を開いた。人差し指のシールを外すと、先ほど木片が刺さってできた穴は既に消えていた。デスク上には水球への参加確認の用紙が置いてあった。渋々と応援に丸を付けて隣のデスクに回す。周りを見渡すと、休憩室でローベルト局長とボトンドが座って談笑している。

溜まった書類を整理していると、時計が入った封筒に出くわした。ハンナとテオドルの二つの名前の連なりに、先日ネストールと行ったお見舞いが思い出される。ネストールと訪れたキーウの病院、そこでテオドルと久々に会った。数年前の病院の安置所以来の再会だった。閉鎖病棟に入院していた彼は、精神が狂って荒廃してしまったのか、それとも、認知症が進んでしまったのか、どちらかわからないが、訪れて挨拶をしても目は虚ろなままだった。

かつて、手のない腕を見て一瞬気を確かにしたことを思い出して、移植した左手を見せてみた。たしかにしばらく目を瞬かせて眺めているような様子はあったが、結局目をぼんやりさせて、そこから戻ってくることはなかった。

「おい、アサト」

「うん」

デスクに戻ってきたボトンドは、

「今さっき局長とも話してたんだけど」

クルトシュカラーチの袋を差し出す。

「もうわかんないね。遠くからおまえの両手を見てたんだが」

銀紙に包まれた小さなクルトシュカラーチを数個抜きだすと、ボトンドは袋を引っこめて替わりに体を乗りだしてくる。デスクのシートに書きかけの障害認定の取り消し申請書が挟まっているのを、ボトンドはちらりと見た。

ゾルタンは日常生活に差し障りがなくなったと感じた時点で提出してくれればよいと言ったきりで、一切催促のないままだった。

細かな作業を除いて、日常生活に大きな支障はなかった。不便を感じることはなくなりつつあるが、今も申請書を書けておらず、どの程度まで動かせるようになればという目途も立たないままでいる。

この手が障害であるか、それとも健常であるかはこれからも転がり続けるように思えて、いっその事、向こうが決めてくれればとつい苛立ってしまう。

ボトンドは棚からはみだした義手カタログを引っ張り出した。付箋のついたページを開くと、様々な手の形をした義手が現れ、その中でやや不恰好な爪をした義手が目に留まった。

「やっぱり、人間の手が一番だな」

苛立って、ボトンドからカタログを取り上げた。

「おまえ、生身の手も義手もかわらないって言ってただろ」

「いいじゃないか。もう手が戻ったんだから」

カタログを足元のゴミ箱に丸めて入れ、堆《うずたか》い書類の山を左腕でボトンドのデスクに深く押しやった。クルトシュカラーチを丸々飲みこむ。

「そう怒るなよ。なぁ、かわりにいいこと教えてやるよ。おい、聞けって。それ、誰の手か知ってるか」

身じろぎせずに真正面を向いていると、潜まった声が続く。

〝ちょうどおまえが手を移植した時分のな、入院カルテを調べたら、三人だけ名前が公表されていないんだよ、カルテが匿名になってんの
保護がかかってて、一部の人しか閲覧できないんだ、局長のＩＤなら閲覧できるぞ
おまえももう局長のパスワードくらい知ってるだろ〟

ボトンドは大きな口の端を歪めて笑うと、キーボードに手を伸ばす。

〝ほら、おれがパス入れてやろう
患者の一覧で、名前の横に鍵マークがついてるやつだ
これかな
あぁ、これだ
こっちに出稼ぎに来てるポーランド人で、工事現場の肉体労働者か
二の腕の小さな傷から、泥土に棲んでる菌が入ったんだとよ
そこから筋肉で増殖して、左腕がまるまる腐ったんだな
手には菌が回ってなくて、あぁ、それでおまえに手が転がりこんできたわけだ
そんでこいつは肩から切断になった
ってことは……あぁ、そうか、こいつまだ生きてるじゃないか
腕を切断したかいがあったな
そういえば、院内で見たことある気がするな、左腕のないやつ
ほら、あいつだよ、おまえも話したことあるだろ
いや、あいつがないのは右腕だったたか〟

ボトンドのひそひそとした声を聴きながらパソコンを見入った。カルテにはドナーの情報が事細かに載っている。ボトンドは読みながら、カルテを進めていく。

ポーランド人、男性、年齢53歳、身長176㎝、体重86kg
既往歴：高血圧、高脂血症、糖尿病
感染症：HIV（－）　B型肝炎（－）　C型肝炎（－）　梅毒は治療済
宗教：カソリック
生活歴：タバコ30本／日×40年、飲酒ビール3本／日
家族歴：父親は肺癌、母親は舌癌……

「なんか、だらしなさそうな男だな」

カルテが進んでいくと、本人の言葉も書かれている。腕の痛みに我慢できないから切断してくれという内容が荒々しい言葉で書かれていた。腕の疼《うず》きを男性器に喩《たと》えた言い方もあり、その他にも似たような言葉が次々と目に飛びこんでくる。吐き気が一瞬で胸まで込みあげてきて、パソコンから顔を離した。

「なんだ。別に興味ないか」

ボトンドは残念そうに呟いてから、

「最近おまえが怒りっぽいの、こいつの手のせいじゃないか」

カルテを閉じて隣のデスクから袋を手繰りよせた。

不揃いな両手を恋人繋ぎにしてみた。左のひしゃげた台形の爪を右の甲に微かに感じる。よくよく思い起こしてみると移植手術が終わってから今の今まで、右と左の手を握り合わせたことが一回もなかった。右手の中の左手は無骨でごつごつとした石ころのようで、左手の中の右手は女のような肌触りがした。

右手は左手に、左手は右手に違和感を抱いている。次第に右手にも左手にも自然と力が籠っていき、互いの爪が両の甲に立って刺さる。甲の表面で血管が浮き立っていく。同じ血液が流れているというのに右は青緑色で左は薄紫色をしている。

怒張していく静脈を眺めていると、互いの手が、手の中の片割れが自分そっくりでないことに怒っているように見えた。

「日本対ポーランドだな。日本は最近だいぶ強いじゃないか」

ボトンドは抱きかかえた袋に手を突っこむ。

「何が」

「何がって、スクラムったらラグビーだろ、ラグビー」

スタジアムで観戦しているかのように、ボトンドは袋からクルトシュカラーチを一つ摘まんで口の中に放りこんだ。

# 8

ゾルタンはキーボードを打つ手を止めると、動揺を鎮めるため、意識的にゆっくりと息を長く吐きだした。

その間も「手がついているのが嫌だ」と言う日本人の声が頭の中で繰り返される。ようやくその残響が消えて、パソコンからその台詞を放った日本人へと体ごと向けた。

「なんら問題ないだろう？　免疫的にも、機能的にも」

外来看護師は気配を読んで診察室の裏へと消えていく。

「リハビリも極めて順調だ。握力も戻った。あとは細かい作業療法くらいだ」

しかし、日本人は溜息より長い鼻息を漏らす。親しくなろうとも終始一線を引くこの日本人が、嫌悪感をこれほど露骨に示すのは初めてだった。

「アサト、嫌だと言われてもね」

「わかってる。どうしようもない。切断する以外に」

いきなり整形外科外来におしかけてきたこの日本人は開口一番に、他人がくっついているのが嫌だから切断したいと移植の概念自体を否定するようなことを言いだしたのだった。

日本人は目の前に左手を差し出してくる。

せっかく繋がったものを今になって切り離したいだと、とドイツ語でぼそぼそと吐き捨てるとそこからしばらく押し黙った。

胸を大きく膨らませてから、

「とりあえず、気持ちが落ち着く薬を飲もう。実は移植ではよくあることなんだ、一時的に鬱っぽくなることがね。手術もリハビリも簡単なものじゃない。むしろ、今まで出なかったのが不思議なくらいだ」

何度も頷いてみせたが、日本人は同調することなく左手を引かずにデスクに置いた。

「考えすぎはよくない」

ゾルタンはデスクの引き出しを開いて中から分厚い冊子を出し、日本人の目の前に置いた。「同種間手移植のガイドライン」と書かれたその冊子をパラパラとめくっていく。

「すべての基準をクリアして、移植が認められたんだ。そして、実際」

冊子をぱたりと閉じて、続けざまに加えた。

「うまくいってる。何の問題もない」

日本人の頑なな態度に首を振って続ける。

「他人と繋がっているのが嫌だと言われてもね。術前に何度か行った説明の時にも、他人の手だとそう念押ししただろう。君だって同意したじゃないか」

日本人の、手と腕の境界を見つめた。

わずか十八センチの国境にさえ参ってしまうとは、これだからヤパァナは貧弱なのだ。そう蔑《さげす》んでみても、今まで対応したことのない状況にどう説得すればいいか、今は何も思いつかない。

「移植した手を切断した人はいるだろう」

「僕は経験ないね」

「他のドクトルは経験あるだろう」

「ほとんどの場合、拒絶反応を抑えこめなくて仕方なくだ」

「他の理由は？　きっとあったはず」

口の端で唾が泡立っている。

「死人の手がついているのが苦痛だと、それで切断したという報告がフランスで一例あったくらいだ。しかし、君はそうは思ってないだろう？」

「そんな風に思ったことはないね。むしろ……」

日本人は左手を握りしめて、手の甲を強く筋立たせた。

「それならけっこう。しばらく様子を見よう。じきに落ち着いてくるさ。リハビリがきつくなる今時分はストレスも多くなる。特に君はいろいろあったから。手が切断された経緯もそうだし、奥さんのこととかもね」

悲運にも、意味もなく切り落とされた彼の左手と、爆弾を抱えて吹き飛んだ彼の妻、そして、押しこまれる歴史ばかりの隣国に多少の同情も湧いてくる。

「自暴自棄になってはいけない」

「なってやしないさ」

しかし、命を爆発させないと国境を押し返せないのはどこの国も同じで、ハンガリーが今後ウクライナに対して起こすであろう計画のことを思うと、腹の底から同情するわけにはいかなかった。ハンガリーもロシアのように老獪《ろうかい》かつ丹念に、ウクライナから領土を取り戻すのだから。

「義父は今もウクライナに?」

「あぁ、キーウに」

「そうか。ウクライナはまだまだ荒れるだろうが、君は引っ張られちゃあだめだ。今は手のことだけを考えないと」

「わかってる」

今のウクライナ東部のごたごたは始まりに過ぎない。あれはロシアによる戦争の下準備に違いなかった。

「いずれ、遠くないうちにウクライナで戦争が起きる」

ロシアにかかれば、首都キーウは容易に落とされるだろう。

「ほんとうに？」

ロシアが首都を制圧した時、それはハンガリーにとってまたとないチャンスになる。混乱に乗じて、ウクライナに残された同胞を保護するという名目で、ハンガリーはウクライナ西端部に軍隊を送りこむに違いない。ゾルタンはそれを想像するだけで気持ちが昂《たかぶ》って、熱が顔に上がってくるのを感じた。

ロシアがウクライナを制圧すればＥＵとの対立は避けられず、ロシアは深刻な孤立に陥るだろう。その時ハンガリーはロシアを支持する。そして、その見返りに、ハンガリーにウクライナ西端部の統治を認めさせるのだ。

ウクライナは広大な国だ。西欧や中欧のどこよりも大きな国土を持つ。制圧はたやすくとも統治は難しい。ウクライナの中央政府が倒れたとしても、各地でゲリラ活動は続くだろう。

その点、我々ハンガリーによるウクライナ西端部の統治はなんら問題がない。歴史的な正当性がある。あの地域は百年前までハンガリーのもので、住民もハンガリー人だったのだ。取り残されていた住民らもハンガリーによる統治を喜んで迎えるだろう。ロシアがクリミアを併合した時のように大きな衝突なしに統治できる。その時はＥＵから離脱することになるかもしれないがしかたない。領土を取り戻すチャンスは簡単には巡ってこない。

手の移植のチャンスも滅多に巡ってこないというのに、と手を放棄しようとする日本人に首を振った。

「とにかく、一時的な気分で物事を決めるのはよくない」

「他の病院ならどうだ。切ってくれるんじゃあないか」

ゾルタンは微笑みを作って首を振った。

「いいかい。そりゃあ、手を繋ぐのと違って、切断するのはとても簡単さ。このデブレツェンにも切断できる医師は何十人でも、いやもっといるさ。外を探さなくても、この病院にもいる。だけどね、どこの施設もそんな依頼を受けるわけないだろう。癌もなくて、事故でダメになったわけでもないんだから。何より、それはハンガリー初の手なんだ。誰もね、そんな歴史的な手を切断した医師として医学史に名を刻みたくないさ」

デスクに目を移し、指で冊子をパラパラと捲るうちにふと思いつき、

「いや、切断となっても簡単じゃない」

顔を日本人に向けた。

「切断するときに出血は避けられない。手の中の血液も失われる。他人の、誰かもわからない人間の血を輸血するのは嫌だろう？　手と違って一瞬で混じってしまうぞ」

気色ばんでいた日本人の顔から怒気が引いたのをみて、そっと息をついた。それから、自分が繋いだ左手に視線を送った。それは見事にくっついている。不格好に思えた手と前腕のバランスも今では取れてきて、肌も黄ぐすみして黄色人種の手らしくなりつつあった。

「さぁ、リハビリに戻るんだ。内視鏡センターに復帰したいんだろう？」

はっぱをかけて日本人を診察室から追いだしたものの、疑問が湧いてくる。手を繋いだばかりならともかく、手がフィットしはじめた今になって、どうしてこの日本人は切断したいのか。

立ち上がって、診察室から顔を出した。細長い渡り廊下に島国独特の粘っこい背中が遠ざかっていくのが見えた。

アサトは渡り廊下を抜けて、リハビリセンターへ入った。奥の個室へと戻ると、どこにも雨桐の姿はなかった。

イスに座り左手を眺めた。右手で左手を引っ張ってみるが、どこにも継ぎ目を感じない。皮膚を強く摘まんで引っ張っても、縫合部の前も後ろもかわりなく伸びた。リハビリ用の工具箱から大振りのカッターナイフを右手に取った。繋ぎ目に合わせて、刃を当ててみる。

静かな足音がして、雨桐がマグカップを片手に戻ってくる。

「そんな簡単に手はとれしまへんでぇ」

後ろで結われていた髪もほどかれている。

「大きな重い斧か、それか、ガソリンかけて燃やそうかな」

「ドクトルに切ってもらうのが一番ね」

「まちがいない」

左手をウラースロに切断された時、不思議なくらい痛みはまったくなかった。手術から目が覚めると、元から手がなかったというくらいにあっけなく失くなっていた。

「簡単に取り外しできたらな」

「他人と一回交換してみたいわぁ」

雨桐のどこか抜けた声が腹に染みこんでくる。

「他人の手にはもう見えへんねぇ」

「少し前までは別の人にくっついてたんだって」

アサトは左手を掲げて見上げ、

「それが意外にもなぁ」

複雑な息を吐いた。雨桐は首を傾げて、マグカップを持った自分の手を眺めている。

人差し指の第二関節にマグカップはぶら下がっている。ハンナと同じ持ち方だった。

「もし、移植する前にドナーに会っててぇ、この手をよろしくねって、その手と握手でもしてたら、今頃どんな気分になるんかしらぁ。握手した向こう側の手がその後に自分の手になるなんて」

雨桐はマグカップを工具棚に置いて、引き出しの中を探る。

「あっ、握手するのは無理か。その手がないから、手をもらうんやもんねぇ」

長い黒髪が揺れて俯いた首から頬に落ちる。雨桐は脇に挟んでいた紙束を机に広げた。

「この中で知ってる曲ある?」

そこには『げんこつ山のたぬきさん』『夕焼け小焼け』など日本の童謡が並んでいる。

「だいたい知ってるよ。これがどうかしたの?」

「幼児用のプログラムよ。さっきドクトルから電話で、急にこれをするようにって。じゃあ、ゲンコツヤマにしようかな。さ、唄ってごらんなさい」

「僕が?」

「そそ。恥ずかしがらんで。わたしも一緒にするねんよ。唄いながら、こう触れて。こっちはこっちで握手して。交互にこうして遊ぶんよ」

雨桐が右手を握ってきて、気がついた。彼女は今まで触ってきたのは左手だけで、右手に触れられるのは初めてだった。内からじんわりと温かく、しっとりとした肌触りだった。

「お手々遊び、昔したでしょう。さぁ、唄って。曲はわたし知らんから。はい、ゲンコツヤマ？」

「わかったわかった。ただ、げんこつ山は勘弁して。これにしよう」

「あら、照れはって。ゲンコツヤマは恥ずかしいん？　じゃあ、それでかましまへん」

恥ずかしさを嚙み殺しながら唄いはじめると、かつて同じように恥ずかしくて困ったときのことが思い浮かんでくる。

〝ねぇ、アサト、外国人同士が本当に愛し合うにはどうしたらいいか知ってる？　ニー！　セックスなんてどこの国だって一緒やん。正解は赤ちゃんになって甘えられるかどうか。甘えるには相手の国の赤ちゃん言葉を知らんとあかんやろ。さぁさぁ、日本の赤ちゃん言葉で甘えてみて〟

ハンナはそう言うと、赤ちゃん言葉を教えるまで折れなかった。雨桐と手遊びをしている間、あの時と同じくすぐったさが肩周りにかぶさってきた。

午後のリハビリを終えてもそのくすぐったい感触は抜けず、病室で夕食を終えても余韻があった。消灯時間になると病室は真っ暗になり、窓を閉めカーテンを引くと、光を発するものは何もなくなる。ベッドに入ると、左手が少しだけ火照っていた。棚の上に置かれた白い骨の欠片を左手で摘まんで、ベッドに腕をおろした。

酷くくたびれていた。日中には意識にのぼらない手の腱が軋む音が体の中に響く。右手で左の肩や腕を揉み、叩いた。

元来右利きの自分にとって、一日何時間も左手に意識を集中することは今までにない経験で、体のバランスを崩す作業だった。持ち主の利き手であったこの左手は、おそらく彼の体のどの部分よりも中心的であったに違いない。そのせいか左手と右手で利き手の座を争っているような心地もあり、体が二つにわかれるようで、あるいは捻じれるようで、うまく体が一つにまとまらない。とにかく左の前腕や肩周りの筋肉ばかりが張って不快でたまらない。

うとうと寝入りかけても廊下を通る看護師の足音で目覚めてしまう。頭まで二つに捻じれている。寝返りをうち、肩を上下に動かし、腕をぶるぶると振る。それを何度も繰り返してようやく深く寝入っていった。

雨桐の白い手が左の前腕にまで伸びてくる。一瞬戸惑ったが、疲れた左腕に食いこむ、柔らかい感触におもわず息が漏れた。湿気を帯びた彼女の指の腹は通った場所がしばらく経ってもわかるほど、絹のような余韻を残していく。その感触に笑みがこぼれた。

雨桐の手は、指の先、掌、前腕から上腕、肩まで遡《さかのぼ》って優しくほぐしていく。指は皮膚のどこにも引っかからず、さらに鎖骨から首元、首筋に沿って耳の裏まで上がり、再び指先に向けて下っていく。

午後に唄った童謡がまだ耳に残っている。

むーすんで　ひーらぁいーて
手ぇをうってむすんで
まぁたひらいて　手ぇをうって
その手ぇをうえに
むーすんで　ひーらぁいーて
手ぇをうって　むーすんで

雨桐の指が通ると、前腕と手の間に残っていたわずかな違和の境界が曖昧になり、左手から首筋までグラデーションになる。境界線が幾つもの層になって腕全体に広がって、どこまでが左手でどこからが自分かわからなくなる。

曖昧さは左腕のみに留まらず、体全体にやんわりと波紋のように広がっていく。左手が完全に自分のものになり、自分の体すべてが左手を支える前腕になる、そんな奇妙な感覚が生まれる。

雨桐の手が止まり、はっとして目を開けた。左手は未だに左の首すじに添えられているが、雨桐の姿はなかった。ゆっくりと左手を首筋から眼前に持っていった。そこにあるのは雨桐の手ではなかった。指先は先細りつつも適度な肉感のあるその手は、廊下から漏れる光で薄茶色に映えていた。光沢のあるマニキュアの爪が光を反射してちかちかと眩い。

そうだ、左手を移植したのだったと思わず口元が緩んでしまう。ようやく腫れと水が引いて、本来の形に戻ったのだ。何年かぶりに見るハンナの手。それを愛しく眺めてから、右の頰を撫でさせる。左手は頰よりほんの少し温かいが、指の腹があまりになめらかで涼しくもある。掌を返すと、懐かしい甘やかな匂いがして、楕円形の爪からひんやりとした感触が伝わってくる。手の甲を頰に何回も往復させた。手の甲もなめらかで、浮いた筋と細かな産毛が頰にくすぐったい。

手は向きを返しながら首筋に抜けて、側頭部から後頭部を包んだ。思わず息が落っこちて体の力も抜けてしまう。腕の力も抜けていくが、手は頭をしっかりと包んでいた。そして、手はゆっさりゆっさりと手自体の反射でもって頭を撫でる。腕や首からますます力が抜けていき、手はさらに自立して動きだす。ハンナに撫でられるのは久しぶりだった。

傍に誰かいることに感づいた。見えない触れられない、しかし、存在しているもの。

微かだが確かなもの。

そう、そうだ。思い出した。あの時、安置所でテオドルが手首を握ってきた時、綺麗に残ったハンナの左手をあげると、おまえの空っぽの左腕に繋げと言ったのだ。そうして、ハンナの左手を移植したのだ。

そして、これがハンナの手であるなら、あの腹が吹き飛んだ遺体もハンナということになる。

体が引きちぎれるような感覚に襲われた瞬間、ぐっと左手が拳を握った。少しあいてから、さらにぐっぐっと二回続いた。握られるたびに拳から確かな生の実感が込みあげて、胸にじんわりと喜びが溢れてくる。間違っていなかった。ハンナは今も生きている。自爆で千切れ千切れになったからといって、彼女はいなくなったわけではない。ここに生きている。今までのどの瞬間より、今が一番ハンナを近くに感じられる。

ダァ、ダァ、ダァ。手は首から胸へと蛇行しながらハイハイをして降りていく。手が視界から消えると、かわって脳裏にハンナの俯いた顔が浮かんで、耳元に声が聞こえる。リブネの森に生い茂る羊歯《しだ》のような虹彩、海藻のように捻じれる髪束、鳩尾あたりに響いてくる甘えた赤ちゃん言葉。

〝アサトクン、ダァ、ダァ、ダァ、ハンナチャンカワイイ？

ハンナチャンニヨシヨシシテ、ハンナチャン、イイコ、イイコッテ〟

胴体を這っていた手は下腹部から陰部に辿りつくと、陰茎を懐かしく撫でる。うっすらと湿っている指先が陰茎の先端を撫でると、誘われるままに陰茎はクイッ、クイッと段階的に勃《お》こり上がる。左手は陰茎を包むと、声のリズムに合わせて擦りあげる。陰茎の根元まで絞られるたびに先端から精液が、どぼっ、どぼっ、と溢れでてくる。

不意に左手の感触が消え、どこにいったかと首をあげた時、自分が巨大な掌に横たわっていることに気づいた。横断する感情線と知能線のシワが背中に心地よかった。寝返りを打ち、盛り上がった親指の付け根に頭をもたせかける。うっすらと湿って温かい掌に耳をつけると、表面の小さな静脈がペコペコとへこんでくすぐったい。掌の奥からは太い血管の脈打つ音が揺れと共に伝わってくる。全ての指が閉じてきて、全身をくまなく包みこんでくる。

巨大な手が完全に閉じられると、手の中は、瞼を開けているか閉じているか、わからないくらい暗かった。完全な暗闇だった。涙がぼだぼだと流れてくる。微かに聞こえてくる血管の脈動がその空間を優しく揺らしていた。手に力が籠っていき、全身が強く握りしめられていく。とうとう還ってきた、そんな感覚で満たされてくる。ハンナの手で全身を握りしめられたかった、そんな秘密の願望があったのかもしれない。

下腹部から絹の感触が抜けていき、目が覚めた。枕元の電気を点けて布団をめくると、下の寝間着に左手が突っこまれている。右手で寝間着を下げると、そこには精液にまみれた白く太ましい左手があった。節立った指にはチクチクとした短い金色の指毛が生えていて、白い粘液がその硬い毛にねっとり絡みついている。左手は今も陰茎全体を包んでいて、反射のままに裏筋を擦りあげていた。親指の爪にかかった粘液を拭うと、下からひしゃげた台形の爪がでてくる。瞬時に陰茎は縮みあがる。

鳩尾からドクドクと胃酸がこみ上げてきた。強烈な胸焼けがした。焼けつく感触が鳩尾から胸へと這いあがってくる。胸の前面で焼ける感触から、ザラつき細かく粒だった感触に変わる。徐々に体温が上がり、全身に熱気が溢れ、細かな汗が全身から噴きだす。

脳裏には、薄い木板が剝がれた玄関のドア、ピンク色のパーマカーラーを前髪に巻きつけたそばかすだらけの中年女性、そういった身に覚えのない風景が再生されていく。

どうしようもない胸焼けに目を瞑っても、鉄錆《てつさび》で赤茶けたドアノブが映りこんでくる。金切り音を立ててドアが開くと、外は雨が降っている。視界の上隅の雨樋《あまどい》からタポンと雨水が淀んで跳ねる音が聞こえた。長靴をガポガポといわせながら、シャベルを持って進んでいく。重機が音を立てて道路を掘削する横で、シャベルで砂利をすくっていく。傍らでは出稼ぎ風の白人の肉体労働者らが雨に打たれながらアスファルトを削っている。目前で握られるシャベル、それが振り下ろされると、砂利のザッザッと掘られる音に合わせて、左手に力が籠り、ギュッギュッと強く握りしめる。

他人の記憶が体中に溢れてくると、自分以外の人間の熱い口臭がした。煙草と香辛料と胃液の混じったものだった。一息ごとに、他の男の口臭が口内いっぱいにたちこめていく。胸の粒だった感触は熱砂のように細かく燃えて、浮かび上がる画像に惹きつけられて左手に流れこんだ。微細な粒は映像の画素に引っ掛かり、画素の粒々を剝がしていく。映像がやすりで研がれるように擦り取られていくと、下から台所に立つ中年女性が現れて、それもすぐさま擦られていく。浮かんでは削り取りの鼬《いたち》ごっこの中で、粒はますます胸から左手になだれこんで蹂躙《じゅうりん》する。火傷《やけど》したように手は熱を帯びて内側から膨張していく。

枕元を探りナースコールを手に取った。すぐに廊下を打ち鳴らす足音が近づき、ドアが開いて電気が点いた。

真っ赤に膨れあがった左手をあげてみせ、

「拒絶反応おこしてる。ドクトルを呼んでくれ」

熱気の籠った声をあげた。息にも細かな粒子が紛れていて、探すように駆けまわっていた。

ゾルタンが駆けつけた頃には全身が熱く茹だっていた。膨れ上がった左手の、赤々と拍動する皮下のマグマが蒼黒い皮膚の割れ目を突き破って今にも噴きだしそうだった。沸騰した胃酸が手までこみ上げたように、爛《ただ》れた酸い痛みが手の髄へと染みこんでいく。ベッド横の点滴台には何種類もの点滴が吊り下げられていて、枕元からは電子音が淡く響いている。ゾルタンはベッドの横に立っているのだろうが、存在を遠くに感じた。

「苦しい時期が続くよ」

ゾルタンは片方の眉を上げながら点滴の説明を始めるが、それは理解できない文字列となってすぐに耳を通り過ぎていった。

〝これは果たして悪いニュースではないかもしれない。しかし、おさまらなければ切断は避けられないな〟

というドイツ語の呟きだけがはっきりと聞こえてきた。

腫れた左手は二倍くらい重くて、持ち上げるだけで意識が飛んでしまいそうだった。真っ赤に腫れあがった左手を見つめた。

「どうした？　手を見つめて」

ゾルタンが興味深そうに訊いてくる。左手は野球のグローブのように腫れあがっていたが、爪はかわらず台形をしていた。

「ハンナの手じゃない」

左手を見つめて呟いた。右手も掲げたが、それもまたハンナの手ではなかった。すると、視界の片隅にいたゾルタンの顔がにゅっと近づいてくる。

「おぉ！　そうだ、アサト。これはウクライナ人の、君の妻の手じゃない。教えてやろう、これはポーランド人の男の手だ。ハンナの手じゃあないぞ！」

「左手は？」

「君の？」

「いや。ハンナの、左手は？」

「ない」

「誰が今、もってる？」

「誰にも移植されてない。だから、どこにもない。左手はもう亡くなってるぞ」

ゾルタンは目いっぱい顔を近づけると、大きな顔に満面の笑みを浮かべる。

「そうだ。よおぉく、思い出せ」

左手を強く握りしめた。腫れた手の甲の、赤黒い皮膚がめりめりと伸びて軋んだ音を立てる。他人と直に繋がらねばならない理不尽さ。それが分厚い皮膚を裂いて、下からマグマのように噴き出しそうだった。

「アサト、おまえ怒ってるんだな」

ゾルタンの声もまた怒気に充ちてくる。

「いーぞ、怒れ怒れ。それが国境を押し返す力だ」

そう言うと、ゾルタンは腫れた手に視線を移す。すると、ハンガリー語から一瞬にしてドイツ語に切り替わる。

「切断になるだろうな。しかし、妄想は振り払われたぞ。充分に役立ったじゃないか。レシピエントに選んだかいがあった」

興奮気味に早口のドイツ語でまくしたて、

「再び手を失うことになるが、しかし、前に戻るわけではないだろう。もう、二度と手が欲しいなどと思わなくなる。そうしたら、」

ゾルタンはぐっと口を縛って笑いを堪える。

「もうかつてのような幻肢痛は起こらんだろう。そうなら、ヤパァナにとっても、手の移植は治療になりえるということか。たとえ、その後、切断することになっても」

ゾルタンは視線を合わせてきて、

「ようやく、ヤパァナのことが理解できたようだな」

そう言うと、狭まった視界から一足で消えていった。

それから、熱は引かなかった。体の全ての細胞が左手を拒絶して燃えていた。起きているのか夢を見ているのか、意識が朦朧《もうろう》として違いがわからなかった。眼球が熱で膨張して瞼が閉じきらないせいで、寝てようが起きてようが、昼か夜かはわかった。昼はそれだけで光が眩くて、辛かった。

自分がはっきりと起きているとわかった時は夜だった。いつのまにか、酸素マスクをつけていた。定期的に電子音が聞こえてきて、ＩＣＵに居るとわかった。空間は消毒と電気の混じった空気でみたされていた。両腕が拘束されて持ち上げられず、左手はどういった状態か見えない。ベッドの周囲にぶら下がる点滴は増えていた。

「みず」

傍にいた赤毛の看護師に告げる。声にも熱砂が混じっていて、ひどく掠れている。赤毛の看護師は吸い飲みを口につけて水を流しこんでくれた。

口の熱で水はすぐにお湯になる。いまだに体は灼《や》け続けていた。燃えても燃えても、底から炎が湧き上がってくる。頭も熱にくらくらとしていたが、ふと尿意が来ると意識がすっと澄んできた。看護師のほうに首をやると目があった。

尿意を伝えると、

「我慢しなくていいの。もう管が膀胱《ぼうこう》に入ってるから」

看護師は屈みこんでベッド横の尿のバッグに目を凝らす。

「大丈夫、朝からいっぱい出てるから心配いらないわ」

「何日目？」

「三日目の夜よ」

そう微笑むと、隣のベッドへと振り返ってしまった。ＩＣＵは薄暗かった。しかし、いくつものベッドがあって、いくつもの呼吸が聞こえてくる。なかにはプシューッとポンプの音も混じっていて、人工呼吸器をつけられている者もいるようだった。

高熱があるのにいやに意識だけ澄んでいる。周りの音がよく聞こえ、自分の呼吸もよく聞こえる。ここ何年もかすんでいた頭のモヤもなくなっていた。

目を瞑ると、体の中に灼熱《しゃくねつ》を感じる。生きてきたなかで感じたことのない体温。命を燃やして拒絶する温度だった。体は原形を留めながらも内側はまるで溶けた重金属のようで絶えずねっとりと対流している。自分の中身が弾けて千切れて、溶けて流れて捻じれている。

逃れたくて体を捩ってみたが、目を開けると、捻じれたのは自分だけで灼熱の体はかわりなく寝そべっていた。

諦めて目を瞑った。このままでは数日中にも腕の先に左手をつけたまま灼け死んでしまう、そんな予感がした。

「お水のおかわり、いる?」

看護師が膿盆《のうぼん》を持って戻ってきた。

「だいじょうぶ。ドクトルは?」

「一時間前に来たわ。ベッドの横であなたを見つめていたわ。話したがってたけど」

「起こしてくれてよかったのに」

「熱を出して眠ってたから」

「ドクトルは何か言ってた？」

「べつに」

「もうすぐ切断するって？」

「さぁ。今はゆっくり眠るのよ」

「もう十分寝た。眠れそうにない」

「何か夢を見た？」

赤毛の看護師は膿盆を置き、綺麗な指で点滴の調整ノズルをいじる。

「おかしな夢だった。白人の土木作業員に囲まれて」

「それで」

「寝ている間に、重機で手を切断されるんだ」

「悪い夢だったのね」

「……もしかして」

「うん？　どうしたの？」

「もう手は切断されてる？　自分から手がよく見えないんだ。左手はまだある？」

キンコン……キンコン……

電子音がアラームを発しはじめて、ようやく自分の呼吸が乱れていると気づく。

「ゆっくり呼吸して。だいじょうぶよ、だいじょうぶ。左手は切断されてないから」

「右手は？」

「右手？」

「あぁ……、今度は右手が切断されたんだ」

「右手が切断されるわけ、ないじゃない」

「前の……、左手も……、切断する必要なんかなかった」

黙りこむ姿にますます怒りが込みあげる。

「いつもそうだ。理由もなく、理不尽に、切断する」

赤毛の看護師が左手に持つ膿盆を睨《にら》みつけた。

「そこに焼いた右手の骨が入ってるんだろ！」

「どういうこと？」

一瞬戸惑った表情をしてから、

「ただのガーゼよ」

銀色の膿盆をこちらへと傾けた。膿盆には血液で赤黒く染まったガーゼと、丸められたプラスチック手袋、そして、ピンセットが一緒くたに入っていた。

「だいじょうぶ、だいじょうぶ。落ち着いて。どっちの手もあるから」

「触って。じゃあ、手を触って、揺らしてほしい」

大きな呼吸しかできなくなると、全身が甘く痺れてくる。

「だいじょうぶ、だいじょうぶ。ゆっくり呼吸するのよ」

視界がぼやけてくると、声だけがはっきりと聞こえてくる。今までに聞いたことのない種類の訛りと声色だった。

「さぁ、ゆっくり呼吸するの」

癒しに満ちたそれは安心感があって、日本に居るように感じる。

「ふーっ、ふーっ。そう、ゆっくーり、ゆっくーり」

呼吸が荒れて視界が白んでいくなか、手を切断して生きていく、それがどういうことか想像する。浮かんできたのは空っぽになった腕ではなく、切断されて捨てられた手のほうだった。

切断されたと同時に手は死んでしまうのだろうか。まだその時は生きているような気がする。手はどうなれば死んだことになるのだろうと頭に手術室を思い巡らせてみた。

麻酔がかかって寝こんだ頃に、ゾルタンは手術室に入ってくる。手に固執するような目つきをしている。彼はドルカからメスを受け取ると、忸怩《じくじ》たる想いでメスを握る。今まで六人の手を繋いだというゾルタンにとっても、繋いだ手を切断するのは初めてなのだから気も滅入る。十数時間もかけて自分が繋いだものを再び切り離すのはたしかに辛いことに違いない。ゾルタンは切断した手を手術台から銀色の膿盆に移すと、マスクから漏れるほどのため息を鼻から漏らす。そして、膿盆を自分の背後の金属台に置くと、そこから一度も手に見向きしなくなる。ゾルタンも看護師も腕の血管を閉じ、骨の先を削り、皮膚を縫い合わせて丸く閉じることに専心する。左手は膿盆の中で力強く拳を握っている。それは切断の衝撃に耐えるための手の本能かもしれなかった。しかし、今や引っ張りあう前腕がなくなり、人知れず手は開いていく。動脈は拍動せず呼吸の押し引きも届かず、手はもう揺れない。断面から血が抜けていく一方で温かい血は送られてこず、銀色の膿盆の冷たさに体温を奪われていく。浮き上がっていた青紫色の静脈は一度へこむとどこからも姿を消す。断面から、真っ赤な動脈血、青黒い静脈血、乳白色のリンパ液、真っ黄色の脂肪滴がぽたりぽたりと絶え間なく抜けていく。あらゆる色の液体が逃げていき、まるで全ての記憶と感情を失ったように爪は純白になる。指は開いていき指先まで伸びきると、手は握っていた命を手放したように開いたままになる。

手はこんなふうに死ぬのではないか。

「ニー！」

胸が割れるように痛んだ。どうやら自分は手と一緒に死にたいようだった。

しかし、ゾルタンはそれを決して許さないだろう。頃合いを見て、この手を切断するに違いない。それどころか、もうすでに手術の準備を始めているのかもしれなかった。ウクライナもロシアも、このハンガリーも、いや、すべての国が島国だったなら。海にぽつぽつと浮かんで、世界のどこにも国境がなかったなら……。

もしそうならば、しかし、こんなにもハンナに惹かれただろうか。どの国のどの人間のどの言葉よりも、胸の中心に響いてきたのは彼女の「ニー」だった。

傲慢だったのかもしれない。手をまるごと移植しながら、手の機能だけを拝借しようとしていた。この灼熱は、手の全てを受け入れようとしなかった自分の、業火に思えた。

すうっと左腕に詰まっていた何かが流されていった。手と腕の間で自分が突っぱっていたもの、それが今になって消えてなくなったのは、体が沸騰しそうなほどのこの高熱に溶かされたのか。それとも、ゾルタンがぶら下げたステロイド点滴が効きはじめているせいかもしれなかった。

ハンナを思い浮かべようとしても、瞼の裏では見おぼえのない玄関横の二槽式洗濯機が浮かんでくるばかりだった。

「おしっこ、だくだくでてるわ」

赤毛の看護師が尿バッグを揺すった。

「もし手を切るって、ドクトルが言ってきて、それを断ったら」

そう呟くと、

「そんなこと言わないで」

赤毛の看護師は微笑みながら首を横に振ってたしなめてくる。困っているゾルタンの顔を想像すると、おかしかった。笑うと、男の口臭が鼻に籠った。


目が覚めた時、体を軽く感じた。

熱が芯から引いて、皮膚の表面まで怠さが浮き上がっている。両腕はいまだ拘束されていて左手は見えなかったが、良くなっている気がした。体全体がねっとりとした重さから、軽い怠さに変わっている。瞼は少し重かったが、朝陽も眩しく感じなかった。数日深く寝こんでいたような感覚があった。体の中の嵐の音は少しずつ止み始めているようだった。

目を閉じても、ハンナの横顔と掠れた声、病室から見える高架橋とチカチカと眩い軽自動車のランプ、書類まみれのデスク、差し入れのサンドウィッチとクルトシュカラーチ。今までの日常の光景が浮かんでくる。眠っている間に見た夢もそんな光景だった気がした。

薄目を開いて、天井を見つめていると、

「ドクトルを呼ぶわね」

起きたことに気がついた看護師はすぐにPHS片手に背を向ける。結わえた金髪が朝陽に透けている。優しくよりそってくれた、あの赤毛の看護師と話したかった。彼女の声が頭の中で響く。しかし、嫌な考えばかりが浮かんで、胸にざわつきを感じた。

「ドクトル、起きられましたよ。状況のご説明お願いします」

金髪の電話の声に赤毛の声がかき消されていく。すると、赤毛の顔も徐々に消えていく。あの訛りの声を二度と聞けない予感がした。彼女が癒したのは自分ではなく、実はこの左手だった。そんな気もした。悲しい響きなのに癒されるあの声色と訛りは、どこかの島国のものか、あるいは国境どころか国自体を持っていない人たちのものかもしれない。

そういった推測が浮かんだ時、

「説明しに今から来るって」

看護師が話しかけてきて、部屋の奥で重たい扉が開く音がした。いつもの足音が聞こえてきて、カーテンからゾルタンが顔を出した。

「おはよう」

すぐれない表情だった。視界が少しぼんやりとするなか、会釈して返す。

「どうだい？　体の感じは」

「良くなってきてる」

「そうか。うん、そうだろうね。よし、もういいだろう。拘束をといてやれ」

ゾルタンが金髪の看護師に指示すると、拘束具が順番に解錠されていく。前腕の拘束が取れると、胸が大きく膨らんで空気が一気に入ってきた。

「腕をあげてみるがいい」

その声に両腕を上げる。以前より左腕は軽かった。左手の猛烈な腫れは引いて、若干むくんでいるくらいだった。

ゾルタンがベッド横に立って不満そうに左手を見つめていた。

「今朝の採血で、拒絶反応が収まりつつあるとわかった」

どこか釈然としない顔つきをしていた。薄目のまま頷いてから目を閉じた。

すぐに瞼の裏にかつての日本旅行の光景が巡ってくる。新幹線に乗った彼女の横顔を脳裏で眺めた。全身を巡る粒もそういった光景には引っ掛かりを感じないのか、手応えなく彼女の皮膚を上滑りしてこぼれて消えていった。ポーランド人の記憶も混じっていて、彼の口臭もしたが、吐き気はこみあげなかった。

ゾルタンはぶつぶつと嬉しそうでも残念そうでもない声色でドイツ語を話していた。

「どちらにしろ、考え直さねばならなくなった。今度はこちらが迫られているわけだ」

そんな呟きのなかで、眠気に意識がぼうっとしてくる。ウラースロとハンナ、ゾルタン、そして、ドナーのポーランド人が浮かんできては、微熱で溶けてごちゃ混ぜになっていった。

十日後、拒絶反応は完全に収まった。

熱も怠さも消えて、まったくいつもの自分に戻ったように感じた。どこがどうと言えるような変化も見つけることはできなかった。ただ左手はもたれかかるような一方的な重みを失くしていた。

一般病棟に移って窓に映る景色を眺めていると、ゾルタンが入ってくる。

「以前と比べて白血球数や炎症値が少し高い。しかし、まぁ、正常範囲内だ」

ゾルタンは血液検査結果を睨んでから、

「もうすぐ退院の許可が出せそうだ」

左手に目を向けてくる。

「やりたいことでも考えておくといい」

左腕を上げて、その先についた左手を見た。

「東部が落ち着いたら、ハンナが亡くなった場所に行きたいと思ってる。それと、彼女の墓地を探さなくちゃ」

「墓地？」

「キーウのどこに埋葬されたか、わからなくて」

安置所でテオドルから墓地の場所を聞き逃してしまった。数日後にネストールや親戚らが駆けつけた時には、すでにテオドルはハンナをどこかに埋葬した後だったらしい。彼らが場所を聞きだそうにも、テオドルの精神と認知はショックで荒廃してしまっていた。

「そうか。探すといい。きっと君の妻も喜ぶだろう」

「あぁ」

「早めがいい。もうぼちぼちウクライナとロシアの間で本格的な戦争が起こる。一年以内、僕はそう見立てている」

ピピピッと体温計が鳴り、ゾルタンに手渡した。

「37・1℃か。体温はずっと高止まりだな」

ゾルタンは首を捻りながらも、

「しかし、これが今後の君の平熱なのかもしれない」

ドルカに体温計を放り投げる。

「僕も考えを改めないといけない。いや、間違いを認めないといけないね」

ゾルタンは大きく息を吸いこんで胸を膨らませる。

「僕はね、拒絶反応は収まらないと思っていたんだよ」

残念そうに話すゾルタンを見上げると、終始得意げだった彼の顔からのぼせた熱が引いていることに気がついた。

たった二週間でゾルタンの表情はすっかり変わってしまった。

「拒絶反応の治り具合も実にヤパァナらしい。いや、あれは拒絶反応とは似て非なるものだろう」

頬の赤味は引いて、表情から傲慢さは微塵《みじん》もなくなり、消耗したものに変わっていた。彼はやつれた顔を俯かせ、ドイツ語で小さく呟きだす。

「あるいは僕もまた、洗脳されていたのだろうか？」

首を振って顔をあげ、そこからは流暢なハンガリー語で話しだした。

「僕もつい最近まである種の妄想に固執していてね、君のように。しかし、今ではすっかり熱が引いてしまった」

ゾルタンは苦々しく微笑んで、弱々しい息を鼻から抜いた。

「この二週間、君がいろんなことを思い出したようにね。僕もいろんなことを思い出したのさ」

「ドクトルも？」

「あぁ。毎日ベッド横から君を見ていてね。君の免疫が手を許していくのを観察しているとね、研究所にいた時のこととか、バイエルンの医学校時代とか、その前のことかね、なぜか思い出されてきたんだ」

「大変な時期だったのかい？」

「いやぁ、医学生の頃も研究員だった頃も、たしかに大変だったけど楽しかったさ。本当に辛かったのはハンガリーに居た子供の頃さ。あの頃、ハンガリーは人民共和国の時代でね、社会主義体制の下にあったんだ。今のハンガリーとは大きく違ったんだ、なにもかもがね」

ゾルタンの鳥かごのような厚い胸郭が萎んでいく。

「その反動だったとしたら……」

呟かれたドイツ語は弱々しくも冷静なものだった。

「まぁ、いい。それより、知ってたかい？　僕はね、ここデブレツェンの出身なのさ」

「初めて聞いた」

「誰にも話したことがないからね」

ゾルタンはすっかり醒めた顔で、

「いいかい」

すっと左手を差しだした。初めての握手だった。彼の手は分厚さの割に握力を感じさせなかった。

「握りがいのある手だ」

疲れきった彼の顔に諦めが浮かんだように見えた。

「よろしい。退院許可を出そう。来週から職場復帰してもらってかまわない。事務でも、技師でも、好きな仕事に就くといい」

## 9

「のぼせて頭が動かねぇ」

ボトンドは石造りのクイーンを握ったまま温泉から出る。コロナでこの数年延期になっていた慰安旅行がとうとう今年開催された。

ここはハンガリーでも温度が高くて有名な温泉地らしく、ボトンドのように赤ら顔で柱にもたれかかる姿がちらほら見える。

「おい、また休憩か。チェスにも持ち時間があるだろ」

「ばか、温泉チェスにはそんなものないんだよ」

そう言うとボトンドは目を瞑って大理石の大きな柱にもたれかかってしまう。冷えたクイーンを額に当てると、大きく首をうなだれた。

のぼせた呼吸を続けるボトンドにどうしようもなくなって、アサトは壁を蹴って平泳ぎで温泉を奥へと進んでいった。

アールヌーボー様式の豪華な列柱に囲まれながら、両手で力強く水をかいていく。

右手より左手のほうが大きいせいで同じようにかいても、少しずつ右にずれてしまう。

建物の中央まで来ると背泳ぎをして高い天井を見上げた。温泉施設は立派な大理石の宮殿造りで、天井には宗教画が描かれており、美術館か、あるいは神殿と錯覚するほどだった。そのまま、大の字になって目を瞑った。

昨日のおかしな夢を思い出した。夢にウラースロが出てきて、左手の骨で一つ無くなっていた月状骨、それを持ちだしたのは自分なのだと言って骨を返しにきたり、あるいはゾルタンが、君がドイツ語を聞き取れるということを僕は知っていたさ、と以前のような得意げな面持ちで言ってきたり。懐かしい気持ちにさせる夢だった。

目を開けて左腕を上げて、左手を天井にかざした。この手がゾルタンにとって最後の手になった。結局、彼は黒人の手の移植をやらなかった。他の国でそれが行われたというニュースが届いて、彼は手の移植から身を引いていたのだと知った。その頃にはもう病院もやめてしまっていた。

かつて所属していた思想団体から今は追われる身となったとか、以前あれだけ馬鹿にしていたフランクフルトの研究施設に移ったとか、ドイツの片田舎の小さな診療所で一般整形外科医として活動しているとか。

そういった明らかな作り話はちらほらと耳にしたが、彼が実際、今どこで何をしているかは誰も知らなかった。

天井を見上げながら背泳ぎで帰ってくる頃には、ボトンドはビールとクイーンで頬を挟んでいた。

「いっそのことおれも一回片手を切ってくっつけるかな、そうすれば、何も変わらないのに昼であがれる」

右手で左手を取る仕草をし目元を綻ばす。

「一回離してくっつけたら、もう自分の手じゃないだろ」

「なんだ、それ。あっ、手ぇ治ったんだから、おまえも夕番しろよ」

「やだね」

「そうだ、障害の認定取り消しはまだ申請しない方がいい。公的扶助だけじゃない、税金だって違ってくるしな。更新時期まで引っ張れよ。新しい主治医はそういう融通がきく人だっけ」

「たぶんね。いまだ催促ないから」

ボトンドは左手を裏に表に返してから、

「くっつけたのが自分の手の場合、すぐに認定取り消されそうだな」

右手で左手をこねるように回した。

「この前もエンマが局長に、おまえを内視鏡センターに配属するように言ってたぞ」

「らしいね」

「センターには戻らないのか?」

「まだいいかな」

「そうか。おれはもう上がる。今日は昨日より温度が高いな」

ボトンドは奥で浸かっている女性事務員らに手を振ってからロッカーへと引き上げていった。ボトンドが置いていったビールとバスタオルを持ってテラスへとあがった。テラスは広々として誰もいなかった。高低不整なタイルを裸足で踏みしめて、一人掛けのベンチに腰を下ろす。

バスタオルを開いて、挟んでいた携帯と腕時計を傍らに置いた。河に落ちはじめている夕陽を眺めながら、バスタオルを羽織る。携帯を手に取って、ニュースを開いた。どこかで見たことのある建物が数秒映ってから、轟音とともに画面が揺れて画像は途切れる。ニュースをそっと閉じて、両手で胸を押さえた。

ゾルタンの見立てた通り、今年の初めにウクライナで戦争が始まった。それからは定期的にニュースでウクライナ各地が爆撃される映像を目にした。見覚えのある建物が破壊される映像を見つめていると胸が割れるように痛んで、いつからか直視できなくなった。

夢に出てくることもあって、その夜は必ず自分の叫び声で目を覚ました。ベッドから体を起こしても、いまだに自分がクリミアやキーウにいるように感じてしまい、大いに取り乱した。

そんな時はいつもドイツ語で、ここはデブレツェン、ここはデブレツェンと繰り返した。すると、まだ手に執着していた頃の、少し傲慢なゾルタンのドイツ語が重なってきた。あの上機嫌な低い声と自信に満ちた言いぶりで、無知な日本人におこなった彼のかつてのレッスンが頭の中で繰り返された。そうしてようやく、ここはデブレツェンだという確信が持て、なんとか正気を保てるのだった。

唯一彼が間違っていたのは、ウクライナがいまだロシアに制圧されていないことだった。今でも、戦禍を逃れてきたウクライナ人がハンガリーになだれこんできていて、病院では着の身着のままで入院する彼らをたびたび見かけた。一方でウクライナに立ちいることはできなくなり、キーウ市内の病院で肺炎をこじらせて亡くなったテオドルの最期に立ち会うことはできなかった。

火照って浮ついた頬にビールを当てて粗い熱を落としていく。夕陽でドナウ河が丹《たん》碧《ぺき》に染まっている。携帯の録音記録を探ると、昔のものがいくつも残っている。

ボタンを押すと、ハンナの声が立て続けに再生される。

これはたしか、キーウの役所に婚姻届を出しに行った日の夜にかけた電話の録音だった。テオドルとネストールに付き添ってもらって無事に提出できたと報告したのだ。

約束したその日にキーウに戻ってこられなかったハンナは、

「いけなくてごめんやで」

と謝ったのだ。役所の帰り、ネストールに結婚祝いは指輪じゃなくて腕時計にしたらどうかと勧められた。

「いいやん。わたしは大賛成やわ」

ハンナは指輪もいいけど、腕時計のほうがいいと同意したのだ。両方買えるのが一番だけどと呟くと、

「ふふふ、ないよりましよ」

そう慰めてくれた。当時、左手がなかったから腕時計は右腕にしようと思って、右腕の腕時計は何か他の意味が生まれるのかと聞いたから、

「大丈夫だと思うけど」

とハンナは興味なさそうな声で返してきたのだろう。

……ざざざざ……

きっと、たぶん、そんな日常のなんでもない会話だったと思う。

携帯を耳から離して、電源を落とした。自分の顔がゆっくりと歪んでいくのがわかった。ずっと前から自分の底でつーっと流れていた、欠けた悲しみ。それがとうとう表面に到達した気がした。

腕時計は手入れをしてないというのに時間に狂いはなかった。左腕に巻くと、手の

繋ぎ目はちょうど隠れた。すると、手と腕がかつて別々だったものには見えなくなった。

　ハンナが眠る墓地はまだ見つかっていなかった。テオドルが数か月前に亡くなったこと、ネストールは徴兵され、重たい武器を持って戦地へ赴いていること、まだウクライナは他の国のものになっていないこと、左手を取り戻したこと、そういったことを彼女に報告しなければならなかった。

　携帯から骨のストラップを外し、白く冷えた骨を新しい左手で握った。骨のでっぱりが皮膚に突き刺さる痛みが感じられた。

　どういう経緯でハンナはああいった活動に参加するようになったのか、本当のところを知りたかった。それを知っている人たちがいるはずだった。ドンバスで上下に分かれた彼女の遺体を保護して、キーウまで運んでくれた人間に会ってききたいこともある。

　腕時計に目をやると、もうボトンドと夕食に出かける時間だった。免疫抑制剤を忘れずに持っていこうと考えながら、時計の文字盤を見つめた。何気なくキリル文字を読んでいるうちに、腕の繋ぎ目にチッチッチッチッと時計のバネの揺れを感じた。

　微かな機械音に耳を傾けると、ジジジッ、腹から痺れが込みあげてくる。それはかつての冷たいものとは違って、熱いものだった。口を縛って息を止め、ぐっと抑えこんだ。しかし、いつまでもこらえきれず、息が上がって空を仰いだ。

その時、シューッという音が聞こえてきて、高い空へと吸い込まれていった。青一色の空を斜めに横切る白いものがあった。それが凄まじい速さで進んでいると伝わってくるのに、なぜかとてもゆっくりと空を飛んでいるように見えた。白いものが地面に接するや轟音と地響きがして、それがミサイルだとわかる。見覚えのある建物が鉄筋を剥きだしにしながら、目前で崩壊していく。ハンナとサイクリングをしたクリチコ橋、一緒に通ったキーウ市内のショッピングセンター・レトロヴィーユも轟音と共に崩れていく。そして、最後にハンナが爆発して上半身と下半身が別方向に散っていった。

「ニー……」

痺れが腹で弾けて、全身に広がっていく。呼吸が小刻みに震えて、気が遠のいていく。両手を強く握りしめると、幾人かの声が聞こえてくる。ドイツ語とハンガリー語、ポーランド語、ロシア語が混じった声々。

それらに耳を傾けながら、口をすぼめて息を細くゆっくり吐いていく。体の痺れはますます強くなって、左手は頭を抱えるようにこめかみにへばりつき、右手は外へと離れて硬くのけぞっていく。熱い痺れで体の輪郭が分厚く感じた。左手と頬の間に挟まった舟状骨だけが冷たい輪郭をはっきりとさせていた。

痺れで首は斜めによじれていき、正面に穏やかな河が見えた。

あぁ、違う。ハンナは今の爆撃で亡くなったんじゃない。もうすでに、キーウよりも遥か東の地で亡くなっている。彼女はテオドルによってきちんと弔われたはず。それに、亡くなって数週間経ってから、デブレツェンの自宅の台所に現れたハンナの透明の体、そこに腹は欠けていなかった。彼女はもう怒りから解放されたのだ。だから、大丈夫。ハンナはきっと大丈夫。彼女はすでに安らかだから。

そう言い聞かせていくうち、視界も開けて河の両岸まではっきりと見えてくる。どこにも破壊された建物が見当たらなくて、そこでようやくここはハンガリーなのだと我に返った。それでも痺れはすぐに収まりそうになかった。

乱れた息を整えながら、この穏やかな河はウクライナにも流れているのだろうかと思った。陽が落ち、深い紺碧《こんぺき》に変わりつつある河面を見つめながら、そうであることを願った。

腕時計は確かな音を立てて動き続けている。まるでたった今、動きだしたように。戦争はいまだ終わりの兆しを見せていない。熱く吐かれる息も、震えるように淡く痺れている。

初出　「文藝」二〇二三年夏季号

装画　安里貴志
装丁　川名潤

協力　鳥飼将雅（大阪大学大学院法学研究科准教授）

朝比奈秋（あさひな・あき）
一九八一年京都府生まれ。二〇二一年、「塩の道」で第七回林芙美子文学賞を受賞。二二年、同作を収録した『私の盲端』でデビュー。二三年、『植物少女』で第三六回三島由紀夫賞を受賞。現役の医師でもある。

あなたの燃《も》える左手《ひだりて》で

二〇二三年六月三〇日　初版発行
二〇二四年八月一〇日　5刷発行

著　者　朝《あさ》比《ひ》奈《な》秋《あき》
発行者　小野寺優
発行所　株式会社河出書房新社
〒一六二-八五四四　東京都新宿区東五軒町二-一三
電話　〇三-三四〇四-一二〇一（営業）
〇三-三四〇四-八六一一（編集）
https://www.kawade.co.jp/

組　版　株式会社キャップス
印　刷　株式会社亨有堂印刷所
製　本　加藤製本株式会社

Printed in Japan　ISBN978-4-309-03112-5
落丁本・乱丁本はお取り替えいたします。